容齋隨筆選譯

洪邁 著
羅積勇 譯注

商務印書館

本書由江蘇鳳凰出版社
有限公司授權出版

容齋隨筆選譯

作者　洪邁
譯注　羅積勇
責任編輯　甘麗華
封面設計　涂慧
出版　商務印書館（香港）有限公司
香港筲箕灣耀興道三號東滙廣場八樓
http://www.commercialpress.com.hk
發行　香港聯合書刊物流有限公司
香港新界大埔汀麗路三十六號中華商務印刷大廈三字樓
印刷　永利印刷有限公司
香港黃竹坑道五十六至六十號怡華工業大廈三字樓
版次　二〇一八年十一月第一版第一次印刷

ISBN 978 962 07 4579 9
Printed in Hong Kong

前言

《容齋隨筆》是南宋洪邁所著的以考證辨析為主而兼記事、議論的筆記。全書包括《隨筆》、《續筆》、《三筆》、《四筆》各十六卷，《五筆》十卷，後人仍用《容齋隨筆》作為全書的總稱，也有人總稱之為《容齋五筆》。

洪邁（1123—1202），字景盧，號容齋，別號野處，饒州鄱陽（今江西波陽）人。其父洪皓曾為秀州司錄參軍，高宗建炎初年出使金國，歷盡艱辛不為金人的威逼利誘所屈服，且多次派人密報敵情。洪邁與其兄洪适、洪遵在家服侍母親，刻苦讀書。史稱洪邁「幼讀書日數千言，一過目輒不忘，博極載籍」，即使是稗官小説、佛道之書，也無不涉獵。母親去世後，洪邁兄弟借寓僧舍苦讀。洪适、洪遵先中博學宏詞科，洪邁於紹興十五年（1145）也考中了。這時他父親已經回朝，但因力主抗金，得罪秦檜而被貶逐。洪邁也受牽連而出為福州教授。紹興二十五年（1155），他的父親去世。紹興二十八年（1158），洪邁調入朝廷祕書省，省內秘閣藏書豐富，洪邁終日在其中抄讀不輟。不久被任為吏部郎，兼禮部，又任樞密院檢詳文字，這期間他得以精研朝廷禮儀掌故，在解決疑難問題中，顯示了才能。紹興三十二年（1162），金世宗派遣使臣到宋朝，洪邁奉命接待，曾在禮節問題上當面折服金使。朝廷便派他出使回報金國。洪邁想改變原來的屈辱禮節，而使用對等國家間的禮數，結果金人鎖使館禁閉使者，洪邁一行險些被扣留。他回朝後一度罷官，在這時開始寫《容齋隨筆》。孝宗乾道二年（1166），他被任命為起居舍人，負責記錄皇帝言行。三年（1167），任中書舍人兼翰林侍讀參與修撰國史。這期間洪邁接近皇帝，有很多議論，曾建議朝廷整頓軍制，增強軍隊的戰鬥力。他在這時修成了《欽宗實錄》和神宗、哲宗、徽宗、欽宗四朝國史的本紀部分。乾道六年（1170），出任贛州知州，鄰州發生災荒，他主動移粟救濟。以後在浙江、福建做官，多能保護平民利益，懲治邪惡，伸張正義，並組織興修水利，促進農業生產。淳熙十二年（1185）召回，被任命為翰林侍講，同修國史。次年撰成四朝國史列傳部分，與李燾所撰志二百卷一起呈獻。在列傳部分，洪邁多方褒揚了靖康年間的抗金忠臣義士。十四年（1187）

洪邁被任命為翰林學士，當年曾主持貢舉。早在淳熙七年（1180），他已寫成《容齋隨筆》十六卷，刻本流傳到禁中，孝宗看後頗為讚賞。紹熙元年（1190）光宗登位，洪邁出知紹興府。不久離職，帶本官還鄉居住，於是謝絕外事，專意讀書著述。紹熙三年，完成《容齋續筆》。以後《三筆》、《四筆》先後完成。嘉泰二年（1202），以端明殿學士致仕，同年以八十高齡去世，《五筆》只寫了十卷就輟筆。

洪氏父子在文學創作和學術研究上都有其成就，洪皓博學強記，留意史學。洪适、洪遵並登詞科，頗有文名，並且分別在金石和錢幣研究等方面有所建樹。而洪邁尤以博洽著稱，除《容齋隨筆》外，還著有《夷堅志》、《野處類稿》、《史記法語》、《經子法語》、《南朝史精語》，並編集了《萬首唐人絕句》。

這裏分辨析羣籍、考證語言、釐訂典故、記錄事實、評議文史五大類來介紹《容齋隨筆》這部名著。

辨析羣籍涉及經、史、諸子百家和文學藝術等各個方面。

所謂經，是指儒家經典及注釋這類經典的著作。洪邁對這兩方面都有所辨析，如本書涉及《周易》的篇目不少，其中糾正《周易》文字訛誤的一些考辨就頗有價值。再如，洪邁對具有權威性的一些儒家經典傳注，並不盲目信從，而是依據情理和事實檢驗其中的一些説法，大膽地提出懷疑和自己的新見解。他關於《詩經》小序及毛傳的一些辨析考據，對後來的學術研究就有影響。

史學方面，正是洪邁的專長。他對《資治通鑒》十分精熟，曾手抄三遍。他深入研習《左傳》和《史記》、《漢書》、《後漢書》等紀傳史，旁及稗官野史，而對唐五代史及宋朝國史特別熟悉。他對碑刻也多所留心，注意將碑刻與書本上的史料互相印證、發明。在辨析史料真偽及決定取捨方面，也表現出他的精博。《新唐書》長於評述，而疏於考證，頗有些錯訛，在史料的採用上也有擇焉不精之處，洪邁在該書中對這些多作辨析指正。《舊唐書》、《資治通鑒》中也偶有些疏誤，洪邁也不憚為之辨正。對於新、舊《五代史》，該書對其可取之處兼而采之，對其不當之處也兼而駁之。這一切都體現了洪邁實事求是的公允態度。

洪邁在駁正史傳失誤時，有一個明顯的特點，就是他不輕信傳説，往往能夠詳核人物年月、事蹟，以糾正傳聞之失實。唐、五代及宋朝的士大夫喜歡在自己的筆記中記錄一些遺聞逸事，有時這些記載與歷史上真實人物生平事蹟、履歷、年月相矛盾，洪邁每每能據此指出其錯謬不實，如《淺妄書》、《梁狀元八十二歲》等篇均是。

對於諸子百家之書，洪邁既有考據，又有評議。其所涉及的範圍很寬，甚至包括天文、曆算及醫學、卜筮、佛道之類，其中有些辨析考據對後世學術研究具有啟發性。如《孔墨》一篇就指出了漢代人以墨翟配孔子，將孔、墨並稱的情況，從而啟發後人進一步探討和重新認識先秦時儒、墨的地位及以後矛盾分合的情況。

該書中有關詩文方面的辨析考據是多層次的，其中有名人行事的考證；有詩文寓意的考索；有追溯詩文體式及句法的淵源的篇目，如《歌扇舞衣》等等。這類辨析考據有些頗有影響，如《東坡慕樂天》證明了蘇軾自號東坡居士是因為仰慕白居易的緣故，這一觀點後來基本上為人們所接受。又如在《桃源行》中，洪邁結合《宋書》及《文選》中關於陶淵明生平心跡的記載，深入分析《桃花源記並詩》，透過桃源故事的表面，看到了該文的深層寓意在於借避秦時亂為喻，表達作者對劉裕篡晉及其造成的社會混亂的不滿，和不與劉宋統治者合作的態度。這一分析現在看來也還是有道理的。

考證語言，在《容齋隨筆》中也頗佔分量。

對文獻中的疑難語詞，洪邁往往能博引語例，推究其意義，提出自己獨到的見解。如《寧馨阿堵》中關於晉、宋口語詞「寧馨」的分析，就為後人正確理解該詞作出了貢獻。此詞人們或以為「佳」，或以為「不佳」，洪邁則廣泛搜集同類語例進行分析，表明了寧馨的意思跟佳與不佳都沒有關係。

洪邁還對一些聯綿詞進行了研究，如在《委蛇字之變》中聯繫了「逶迤」的十多個變體，我們知道，這種聯繫一般要依據它們彼此在讀音和意義上的關聯。而宋代古音學還剛剛起步，洪邁在這種條件下做到這樣是很不簡單的。

釐訂典故，包括成語典故，以及詩文中用典出處、民間節日風俗、朝廷的典章掌故等方面。

洪邁以考博學宏詞科起家，精於駢體的四六文寫作，而這種文體十分注重用典。在詩歌創作上，他受江西詩派的影響較深，這一詩派也非常重視化用典故。所以《容齋隨筆》在分析杜甫、蘇軾等人的詩歌時，每每能對其用典出處作出十分精確的闡釋，對後人正確理解這些作品很有幫助。

洪邁在高宗、孝宗朝擔任的官職都與朝章典制有關，該書所訂正的許多典章就是以他親見的事實作根據的，這就保證了它的準確性。如三省長官是宋代學者喜歡談議的一個題目，葉夢得的《石林燕語》即已談到三省及其長官的職權，但葉氏把唐初三省長官權力分工當作兩漢以來的一般情況，實在是不明沿革。而洪邁在《三省長官》一篇中則清楚地說明了尚書令、中書令及侍中三者從漢代以來由卑微之職發展成為真宰相的歷史過程。

洪邁在釐訂典故時，還處處表現了他作為一個史學家的嚴謹。宋代開封府上元看燈由三夜增到五夜，民間傳說這是吳越王錢俶歸順時花錢買的兩夜。吳曾對此事信以為真，全不加分辨而記入其《能改齋漫錄》中。而洪邁則詳考國史，發現事實並非如此。對於有關節日風俗方面的民間傳說，洪邁始終抱着冷靜的態度，善於發現其中的矛盾，大膽地提出懷疑。而這種懷疑對促進學問的進步是很有意義的。如關於寒食，民間傳說是為了紀念介之推被焚死。但洪邁指出，《左傳》、《史記》並未說到介之推被焚死的事，故此事已有可疑處。洪邁又進一步根據史料指出有的地方是在仲冬寒食。節令的不一致，更說明寒食與介之推無關。

該書在考證名物典故時，引據材料的範圍相當寬。比如洪邁在說明古代通行證「過所」時，除引用史書及史注中的材料外，還徵引了刑律、雜記小說中的材料。在同一種資料中，洪邁挖掘的深度也不是一般人趕得上的，如《漢初諸將官》在說明漢初出征將帥常常帶「丞相」或「相國」稱號時，曾使用了《史記》的表裏的材料，而這種表內的材料讀者一般是很少注意的。

記錄事實，包括政治、經濟和文學藝術等各個方面。

在政治方面，《容齋隨筆》記錄了唐、五代和宋代的一些政令、秘聞，如關於宋代冗官的記載；關於蔡京專權誤國，賣官鬻爵以及大興花石綱奢侈的記載；關於秦檜投降賣國，迫害異己的記載，關於南宋初年抗金志士與投降派作鬥爭的記載，關於宋代勞動人民賦役沉重的記載，都是很好的史料。在經濟方面，洪邁也整理和記錄了一些極為珍貴的資料。如《唐揚州之盛》，綜合唐人詩歌中反映的情況，系統地記述了唐朝以來，揚州的繁盛及衰敗。

在詩文紀事方面，洪邁善於從各種文獻中輯錄唐宋文人的逸詩佚文，如《唐賢啟狀》、《二朱詩詞》等，均可看作輯佚之作。書中關於詩文修改和時人賞識前人詩文作品的記載，則為文藝理論提供了很好的原材料和半成品，像《嚴先生祠堂記》中的某些材料可與「詩眼」說相印證，而《張文潛哦蘇杜詩》則是談詩歌藝術性的好材料。

評議文史，大致包括詩文評論和有關歷史事件、歷史人物的評議。

在詩歌上，洪邁推崇渾成含蓄，不主張太露筋骨。在《絕唱不可和》中，他認為意境勝絕的詩篇，後人難以模仿超越。文章，洪邁認為當以簡潔明達為貴。文章結尾或總括之語尤其需要幹練俐落、意味深長。但一味在句子的字數上求減省，而不顧文章的表達效果，這種做法也並不可取。

洪邁評價歷史人物，不以成敗論英雄，注重從人物品行素質方面來觀察評議。如他說，漢景帝雖歷來被稱為賢君，但觀其本性，卻是個器量狹小、喜記仇殺人的皇帝。而唐代的王叔文雖然是個失敗者，但洪邁認為，他改革唐朝弊政，減輕人民負擔，謀奪宦官兵權等做法，是值得肯定的。像這一類評議都是實事求是的。洪邁在議論歷史人物時，還能一分為二。如韓愈是一位很有影響的文學家。洪邁也很崇敬他，對其作文之法，對其提攜後進的做法也多加以稱讚。但是對其創作中誇張失實、諛頌權貴以及某些文章流露出的覬覦富貴、庸俗怯懦的思想，也都一一加以批評，並表示惋惜。

在評議史實方面，洪邁尤其注意結合宋代的現實而進行討論。洪邁在書中常常將宋代賦稅輕重與唐末五代進行對比，指出宋代的剝削之重遠勝於前朝，因而，他主張任用賢良的地方官員，盡可能減輕勞動人民的負擔。宋代最突出的矛盾是民族矛盾，遼、西夏、金相繼為邊患，北宋竟為金所滅，南宋初年半壁江山也岌岌可危。當時，洪邁堅決主張抗金，對宋代統治者屈膝求和、喪權辱國的行徑痛心疾首。洪邁在《靖康時事》等篇目中懇切地希望宋代皇帝也能像歷史上一些國君那樣真誠地對待將士和百姓，調動其抗敵積極性，以保衛江山。洪邁還在《孫吳四英將》、《東晉將相》等篇中反覆説明君主應當信任將帥，賦予其自主權，而不應過多防範，處處掣肘。

從以上五個方面，我們可以看到，《容齋隨筆》一書在學術上的貢獻是多方面的。當然，也有其不足之處。如有時未遍檢資料就匆忙下結論。如有些議論失之偏頗。如不同篇目中提出的觀點或表達的思想有時前後矛盾。但總的來講是瑕不掩瑜，為歷來學人所重視。這次選譯了六十八篇，所選篇目力求顯示本書的特色。注譯過程中得到武漢大學古籍研究所的大力支持，張世俊先生認真審閱了書稿，宗福邦先生又仔細地覆審了一遍，均多所指正，謹在此表示衷心感謝！

羅積勇（武漢大學文學院古籍整理研究所）

目錄

淺妄書（隨筆卷一）

在浩如煙海的中國古籍中夾雜了一些偽書，也就是假託為名人所撰寫而實際上是偽造的書籍，因此唐宋以來就有人做辨偽的工作。洪邁便是一位善於辨偽的學者，試看他從歷史事實來批駁《開元天寶遺事》的淺妄，是何等簡捷，何等有說服力。

俗間所傳淺妄之書，如所謂《雲仙散錄》、《老杜事實》、《開元天寶遺事》之屬[1]，皆絕可笑。然士大夫或信之[2]，至以《老杜事實》為東坡所作者[3]，今蜀本刻杜集，遂以入注。孔傳《續六帖》[4]，采摭唐事殊有功[5]，而悉載《雲仙錄》中事，自穢其書。《開天遺事》託云王仁裕所著[6]，仁裕五代時人，雖文章乏氣骨，恐不至此，姑析其數端以為笑。其一云[7]：「姚元崇開元初作翰林學士[8]，有步輦之召[9]。」按元崇自武后時已為宰相，及開元初三入輔矣[10]。其二云[11]：「郭元振少時美風姿[12]，宰相張嘉貞欲納為婿[13]，遂牽紅絲線[14]，得第三女，果隨夫貴達。」按元振為睿

流俗所傳淺陋虛妄的書，如所謂《雲仙散錄》、《老杜事實》、《開元天寶遺事》之類，都極其可笑，但士大夫卻有人相信它。甚至認為《老杜事實》是蘇軾所作，今天的蜀刻本杜甫集，便把它引用到注釋中。孔傳《續六帖》，採摘唐代事情很有功勞，但卻把《雲仙散錄》中的事情都收入，自己玷污了自己的書。《開元天寶遺事》假託是王仁裕所著，仁裕是五代時人，雖然文章缺乏氣勢骨力，但恐怕不至於此，姑且剖析此書幾處作為談笑之資。其一說：「姚

宗宰相，明皇初年即貶死⑮，後十年嘉貞方作相。其三云⑯：「楊國忠盛時⑰，朝之文武，爭附之以求富貴，惟張九齡未嘗及門⑱。」

❶《雲仙散錄》：今存，陳振孫《直齋書錄解題》也説是偽託，後來學者多認為是王銍所作。《老杜事實》、《直齋書錄解題》稱它為《東坡杜詩故事》，也是偽託之書，或謂出於鄭昂（朱熹説），或謂出於王銍（張邦基説），今已失傳。《開元天寶遺事》：今存，記載五代至唐玄宗開元、天寶時事的傳説的書。❷士大夫：指有地位有聲望的讀書人。或：有人。❸東坡：宋文學家蘇軾，號東坡。❹《續六帖》：類書名，孔傳撰。讀書雜採唐宋事實、成語典故，是續唐白居易《六帖》的書。❺采摭（zhí）：拾取，摘取。❻王仁裕：為五代時前蜀的大臣，後又入後唐、後晉、後漢為官，後周顯德三年（956）去世。❼其一云：此下所引見於《遺事》卷一《步輦召學士》。❽姚元崇：後改名姚崇，曾在長安元年（701）、景雲元年（710）、開元元年（713）三次任宰相。翰林學士：官名。開元初設翰林供奉，掌表疏批答、應和文章，開元中期改為翰林學士。❾步輦（niǎn）：一種用人抬的代步工具。《遺事》説玄宗想跟姚討論時務，因連日下雨，便叫人抬步輦去接他。❿入輔：入相，入朝為宰相。⓫其二云：此下所引見該書卷一《牽紅絲娶婦》。⓬郭元振：睿宗景雲二年（711）任宰相，玄宗先天元年（712）復為相，後被流放新州（今廣東新興），病死。⓭張嘉貞：開元八年（720）為宰相。⓮「遂牽」句：《開元天寶遺事》説張嘉貞有五女，因令各持一絲於帳幔前，郭便牽一絲線，得第三女，大有姿色。⓯明皇：唐玄宗，後人據他的謚號稱之為明皇。⓰其三云：此下所引見該書卷三《向火乞兒》。⓱楊國忠：楊貴妃堂兄，本名釗，後賜名國忠，天寶十一年（752）為右相。⓲張九齡：開元二十一年（733）任宰相，二十四年（736）罷相。

元崇在開元初任翰林學士，有步輦之召。」按元崇在武后時已經擔任宰相，到開元初年已經三次入相了。其二說：「郭元振年少時風姿很美，宰相張嘉貞要他做女婿，便讓郭元振牽紅絲線，得到了他的三女兒，後來果然隨丈夫顯貴。」按元振是睿宗朝宰相，玄宗初年即因貶謫死去，過了十年嘉貞才做宰相。其三說：「楊國忠顯赫時，滿朝文武官員，爭着巴結他以求取富貴，只有張九齡不曾進他的門。」

按九齡去相位十年，國忠方得官耳。其四云[19]：「張九齡覽蘇頲文卷[20]，謂為文陣之雄師。」按頲為相時，九齡元未達也[21]。此皆顯顯可言者，固鄙淺不足攻[22]，然頗能疑誤後生也。惟張象指楊國忠為冰山事[23]，《資治通鑑》亦取之[24]，不知別有何據？近歲，興化軍學刊《遺事》[25]，南劍州學刊《散錄》[26]，皆可毀。

[19] 其四云：此下所引見於《開元天寶遺事》卷三《文陣雄帥》。作「雄帥」，於義為長。[20] 蘇頲（tǐng）：字廷碩。玄宗初年為中書舍人，開元四年（716）為宰相。[21] 元：原來，本來。達：顯貴。[22] 攻：指責。[23]「惟張象（tuàn）」句：此事見《開元天寶遺事》卷二《依冰山》。楊國忠權傾天下，四方之士爭赴其門，只有進士張象不依附，説其勢有如冰山，見皎日則化。[24] 見《資治通鑑・唐紀・玄宗天寶十一載》。[25] 興化軍：治所在今福建莆田。軍是與州同級的地方行政機構。學：當時州、軍都有學校。[26] 南劍州：治所在今福建南平。

按九齡罷相十年之後，國忠才得到官職。其四說：「張九齡看了蘇頲的文卷，稱之為文陣的雄帥。」按蘇頲擔任宰相時，九齡還沒有顯貴。這些都是明顯可議的，固然鄙陋淺薄經不起指責，然而很能貽誤後學。只有張象說楊國忠好比冰山這一件事，《資治通鑑》也採用了，不知另有甚麼根據？近年來興化軍學刊刻了《開元天寶遺事》，南劍州學刊刻了《雲仙散錄》，都應該毀版。

長歌之哀（隨筆卷二）

中國文人善於用詩歌來抒寫哀傷的心情。洪邁在這裏列舉的元稹、蘇轍的幾首七言絕句，就是這類作品的代表。即使在今天讀起來仍能引起共鳴，可見其感染力之深。

嬉笑之怒，甚於裂眥①；長歌之哀②，過於慟哭③。此語誠然④。元微之在江陵⑤，病中聞白樂天左降江州⑥，作絕句云：「殘燈無焰影幢幢⑦，此夕聞君謫九江⑧。垂死病中驚起坐，暗風吹雨入寒窗。」樂天以為：「此句他人尚不可聞，況僕心哉⑨！」微之集作「垂死病中仍悵望⑩」，此三字既不佳，又不題為病中作，失其意矣。東坡守彭城⑪，子由來訪之⑫，留百餘日而去，作二小詩曰：「逍遙堂後千尋木⑬，長送中宵風雨聲⑭。誤喜對床尋舊約⑮，不知漂泊在彭城。」「秋來東閣涼如水⑯，客去山公醉似泥⑰；困臥北窗呼不醒，風吹松竹雨凄凄。」東坡以為讀之殆不可為懷⑱，乃和

嘻笑的憤怒，甚於裂眥；長歌的悲哀，過於痛哭。這話是確實的。元稹在江陵時，病中聽說白居易降職到江州，作絕句說：「殘燈無焰影幢幢，此夕聞君謫九江。垂死病中驚起坐，暗風吹雨入寒窗。」白居易認為：「這詩句旁人聽了都受不了，何況我的心呢！」元稹集中作「垂死病中仍悵望」，「仍悵望」三字既已不佳，又不寫明是病中所作，這失去其本意了。蘇軾在彭城任知州時，

其詩以自解⑲。至今觀之，尚能使人悽然也。

❶眥（zì）：眼眶。裂眥，形容極其憤怒。❷長歌：拉着悠長的聲音歌詠。❸慟（tòng）：極度悲痛。❹柳宗元《對賀者》中有此語，說：「嘻笑之怒，甚乎裂眥；長歌之哀，過乎慟哭。」。❺元微之：唐詩人元稹，字微之。歷任左拾遺、監察御史等職，因得罪宦官、舊官僚，貶江陵士曹參軍。元和十年（815）三月，遷通州（治所即今四川達縣）司馬。元稹在通州染瘧甚久，聽說白居易貶官江州，於是作《聞樂天授江州司馬》詩。❻白樂天：唐詩人白居易，字樂天。憲宗元和年間，曾任翰林學士、左拾遺、贊善大夫等職，元和十年六月被貶為江州（治所在今江西九江）司馬。白居易與元稹同為貞元進士，文學主張也相近，自貶謫後，二人詩歌酬答唱和不斷。❼殘燈：快要燃盡的燈。焰，火苗。幢幢（tóng）：搖曳貌。❽謫（zhé）：貶謫。古代官吏因罪而被降職並派到遠方任職。❾僕：對自己的謙稱。❿悵（chàng）：惆悵失意貌。⓫東坡守彭城：神宗熙寧年間，蘇軾因譏諷朝政，被貶謫到杭州，後又改遷徐州知州，徐州治所在彭城（今江蘇徐州）。⓬子由：蘇軾的弟弟蘇轍，字子由。軾、轍幼時相從，後又同中進士。政治觀點也相近，故神宗朝時也同遭貶謫。熙寧十年（1077）二月，蘇轍在闊別多年之後重會其兄於彭城。⓭逍遙堂：徐州知州府第內的廳堂。尋：古代以八尺為尋。千尋：形容極高。⓮長送：不斷送來。中宵：夜半。⓯對床：指親友久別相聚，對床而臥好傾心交談。韋應物《示元真元常》詩說：「那知風雨夜，復此對床眠。」尋：重溫。舊約：蘇轍與其兄手足相依，長大後要遊宦四方，他讀了韋應物的詩後，惻然有感，曾與蘇軾相約早日退身，兄弟重新相從為閑居之樂。⓰閣：臥室。⓱山公：西晉時，山簡任荊州刺史，常出外暢飲，時人給他編了首歌說「山公時一醉」云云，蘇轍在這裏把蘇軾比做山簡。⓲殆：幾乎。⓳和：指仿照別人詩的題材或體裁再作一首。

蘇轍來看他，逗留一百多天後離去，作了兩首小詩，說：「逍遙堂後千尋木，長送中宵風雨聲。誤喜對床尋舊約，不知漂泊在彭城。」「秋來東閣涼如水，客去山公醉似泥；困臥北窗呼不醒，風吹松竹雨淒淒。」蘇軾認為讀了幾乎不能控制自己的情緒，於是答和他的詩來自我寬慰。至今讀來，仍然能叫人感到淒然啊。

蔡君謨帖（隨筆卷三）

封建社會的官場上有許多壞習氣，但有些壞習氣並不是向來就如此，而是逐漸形成的。洪邁從蔡襄的兩封信裏看到了一些壞習氣是後來才形成的。當然他也只能就此發點感慨，無力扭轉。

蔡君謨一帖云①：「襄昔之為諫臣，與今之為詞臣②，一也。為諫臣有言責，世人自見踈③。今無是焉④，世人見親。襄之於人，未始異之，而人之觀故有以異也。」觀此帖，乃知昔時居台諫者⑤，為人所踈如此。今則反是。方為此官時⑥，其門揮汗成雨，一徙它局⑦，可張爵羅⑧，風俗偷薄甚矣⑨。

❶蔡君謨：宋人蔡襄，字君謨。慶曆三年（1043）知諫院，以敢言直諫著稱。皇祐四年（1052）歷知制誥、知開封府等職，嘉祐五年（1060）為翰林學士。帖：柬帖，一種簡短的信札。❷詞臣：指文學侍從之臣，掌管朝廷制誥詔令撰述的官員，如翰林學士之類。❸「為諫臣」二句：宋代諫院負責規諫朝政缺失，對百官任用可提出意見，故百官畏法自好者不敢親近諫官。❹是：這些。❺台：御史台，負責糾察彈劾百官之非法者，與諫院合稱「台諫」。❻方：正在。❼徙（xǐ）：遷。局：指官署。❽爵：假借為雀，鳥雀。爵羅指捕捉鳥雀的網羅。❾偷薄：澆薄，不厚道。

蔡襄有一帖說：「我蔡襄過去擔任諫官，跟現在擔任詞臣，本是一樣的。擔任諫官負有言事的責任，世人自然疏遠我。現在沒有這狀況了（指擔任諫官），世人親近我了。我蔡襄對人不曾有變化，然而人們的看法卻因此而有所不同。」看了這帖，才知道過去位居台諫的官員，被人如此疏遠。今天正好與此相反，任這類官職時，他家門前的人多得揮汗成雨，一旦遷到其他官署，則門可羅雀，風氣澆薄之程度夠厲害了。

又有送荔枝與昭文相公一帖云⑩：「襄再拜⑪，宿來伏惟台候起居萬福⑫。閩中荔枝⑬，唯陳家紫號為第一⑭，輒獻左右⑮，以伸野芹之誠⑯。幸賜收納，謹奉手狀上聞，不宣⑰。襄上昭文相公閣下⑱。」是時，侍從與宰相往還⑲，其禮蓋如是⑳，今之不情苛禮㉑，吁可厭哉㉒！

❿昭文相公：宋承唐制，以他官加同平章事為宰相，無定員，首相兼昭文館大學士、監修國史，故稱昭文相公，這裏指文彥博。⓫再拜：本為古代一種禮節，此用為表敬意之語。⓬宿來：一向。伏惟：下對上的敬詞，意為念及、想到。台候：敬辭，用於問候對方寒暖起居。起居：作息，日常生活。問起居即問安，問好。⓭閩中：泛指福建。⓮陳家紫：荔枝之一種。⓯輒：擅自。左右：舊時書信稱對方，不直稱其人，僅稱左右以示尊敬。⓰野芹之誠：典出《列子·楊朱》篇：過去有一個人認為野菜芹萍子味道很美，對鄉中富豪極力稱道，富豪取而嚐之，結果口澀腹痛。舊用此典為自謙所獻菲薄，不足當意之辭。⓱手狀：宋代士人謁見時的名帖，多為自己親筆書寫，故稱。不宣：不一一細說。舊時書信末尾用語。⓲閣下：書信中對人的敬稱，謂不敢直指其人，故呼其閣下之侍從者而告語之。⓳侍從：宋稱殿閣學士、直學士、待制與翰林學士為侍從。⓴蓋：大概。㉑情：誠實。不情指不誠，不出於真心。苛禮：把禮節搞得苛刻繁細。㉒吁（xū）：歎聲。

又有送荔枝給昭文相公的帖子說：「襄再拜，一向私下念及問候你起居平安萬福。閩中的荔枝，只有陳家紫稱為第一，擅自拿它獻上，以表示獻野芹之誠，希望留意收納。謹獻手狀呈告此事，不一一細說。襄上昭文相公閣下。」當時，侍從跟宰相相往來，其禮節大概就是這樣，現在人們不近情理的苛細禮數，哎，真令人討厭啊！

寧馨阿堵（隨筆卷四）

有一些古代的詞語，到後世因為不常用而產生了錯誤的理解，像這裏提出的「寧馨」、「阿堵」都是如此。洪邁列舉文獻上的事例，找出了「寧馨」、「阿堵」的本義，說明洪邁在語言訓詁上功力之深厚。

「寧馨」、「阿堵」，晉宋間人語助耳。後人但見王衍指錢云[1]：「舉阿堵物卻[2]。」又山濤見衍曰[3]：「何物老媼，生寧馨兒[4]！」今遂以阿堵為錢，寧馨兒為佳兒，殊不然也。前輩詩：「語言少味無阿堵，冰雪相看有此君[5]。」又：「家無阿堵物，門有寧馨兒[6]」，其意亦如此[7]。宋廢帝之母王太后疾篤[8]，帝不往視，后怒謂侍者：「取刀來剖我腹，那得生寧馨兒！」觀此，豈得為佳？顧長康畫人物[9]，不點目睛，曰：「傳神寫照正在阿堵中[10]。」猶言「此處」也。劉真長譏殷淵源曰[11]：「田舍兒，強學人作爾馨語[12]。」又謂桓溫曰[13]：「使君[14]，如馨

「寧馨」、「阿堵」是晉宋間人們語言中的助語詞。後人只看到王衍指着錢說：「把阿堵物拿開。」又山濤見到王衍時說：「甚麼樣的老婦人生了寧馨兒！」今天便認為阿堵是錢、寧馨兒是好兒子的意思，其實完全不是這樣。前輩詩：「語言少味無阿堵、冰雪相看有此君。」又「家無阿堵物，門有寧馨兒」，它們的意思也是這樣。宋廢帝的母親王太后病重，廢帝不去看望，太后怒沖沖地對侍者說：「拿刀來剖我的肚子，它怎麼生出寧馨兒！」看這事哪能說是好的呢？顧愷之畫人物，

地寧可鬥戰求勝⑮？」王導與何充語曰⑯：

❶王衍：西晉大臣，崇尚老、莊，口不談「錢」字。其妻想試他，叫人把錢圍着他的牀放了一圈，王衍早晨起來，看見錢擋住了路，便對奴婢說：「把這些東西拿開。」事見《世說新語・規箴》。❷舉：拿。「舉……卻」猶指拿掉。❸山濤：晉大臣。王衍童年時曾訪山濤，山濤歎其神情明秀。❹老嫗（ǎo）：老婦人。寧馨：這般，這樣。寧，同「恁」。馨，語尾，猶今語之「般」或「樣」。❺此君：指竹子。典出《世說新語・任誕》。王徽之曾在人家的空宅中住宿，但卻叫人種上竹子。有人問他：既是暫住，何妨如此？他指着竹子說：「何可一日無此君！」後世因以「此君」指竹子。❻「家無阿堵」二句：是唐張謂的詩。❼其意亦如此：指上面所引前輩詩句中的阿堵也是指錢，寧馨兒也是指佳兒。❽宋廢帝：南朝宋廢帝，公元465年即位，同年被廢。篤（dǔ）：重。❾顧長康：東晉顧愷之，字長康，善畫人物，認為最妙、最傳神之處在眼睛。事見《世說新語・巧藝》。❿傳神：表現精神。寫照，寫真。⓫劉真長：東晉劉惔，字真長，喜清談。一天，殷浩同他清談良久，殷理屈而遊辭不已，殷去後，劉因譏之。事見《世說新語・文學》。殷淵源：殷浩，東晉大臣。⓬爾馨：義同「寧馨」。⓭桓溫：東晉權臣。《世說新語・方正》說：一天桓到劉家，劉正睡覺，桓用彈弓彈擊劉的枕頭，劉不悅而起，遂責桓溫。⓮使君：古稱太守、刺史名使君，桓溫曾任荊州刺史，故稱使君。⓯如馨：義同「寧馨」。寧可：怎麼能。⓰王導：東晉大臣。何充：東晉大臣。他初為小官時，王導與他一次談話後，只是以手指地說：「正自爾馨。」評價不高。見《世說新語・品藻》。

不點眼珠，說：「傳神寫照正在阿堵中。」阿堵就是說「此處」。劉惔譏諷殷浩說：「莊稼佬，硬要模仿別人作爾馨語。」又對桓溫說：「使君，如馨地怎可以鬥戰求勝？」王導與何充談話時說：

「正自爾馨⑰。」王恬撥王胡之手曰⑱：「冷如鬼手馨，強來捉人臂。」至今吳中人語言尚多用「寧馨」字為問⑲，猶言「若何」也。劉夢得詩⑳：「為問中華學道者，幾人雄猛得寧馨㉑？」蓋得其義㉒。以「寧」字作平聲讀㉓。

⑰ 正自：正是，恰好是。這句是說恰好是像平地一樣並不足道。⑱ 王恬（tián）：王導次子。王胡之：東晉大臣。胡之有一次與王恬言語不和，王恬生氣了，胡之拉着他的手臂要他不要計較。王恬反出言責備他。事見《世說新語・忿狷》。⑲ 吳中：泛指原春秋時吳地，今江蘇蘇州一帶。⑳ 劉夢得：唐代文學家劉禹錫，字夢得。下引詩句見其《贈日本僧智藏》。㉑ 雄猛：指有大志向、大氣量。㉒ 蓋：推測之詞。㉓「以『寧』字作平聲讀」句：劉禹錫此詩為七律，依其平仄，句中「寧」字是讀為平聲。但這類「寧」其實應讀去聲，見劉淇《助字辨略》卷二。

「正自爾馨。」王恬撥開王胡之的手說：「冷如鬼手馨，硬要來抓人家的胳膊。」至今吳中人語言中還多有用「寧馨」這個詞兒來表示發問的，好比說「如何」。劉禹錫詩：「為問中華學道者，幾人雄猛得寧馨？」可謂正確理解了該詞的含義。他把「寧」字當做平聲來讀。

韓信周瑜（隨筆卷五）

軍事上之所以能取勝，自有其根本原因，而不決定於一兩點偶然的因素。洪邁在這裏列舉韓信伐趙、周瑜拒曹來説明這個道理。這對今天研究歷史、評論古人仍很有啟發性。

世言韓信伐趙①，趙廣武君請以奇兵塞井陘口②，絕其糧道③，成安君不聽④。信使間人窺知其不用廣武君策⑤，還報，則大喜，乃敢引兵遂下⑥，遂勝趙。使廣武計行⑦，信且成禽⑧。信蓋自言之矣⑨。周瑜拒曹公於赤壁⑩，部將黃蓋獻火攻之策⑪，會東南風急⑫，悉燒操舡⑬，軍遂敗。使天無大風，黃蓋不進計⑭，則瑜未必勝。是二說者，皆不善觀人者也。夫以韓信敵陳餘⑮，猶以猛虎當羊豕爾⑯。信與漢王語⑰，請北舉燕、趙⑱。正使井陘不得進⑲，必有它奇策矣⑳。其與廣武君言曰：「向使成安君聽子計㉑，僕亦禽矣㉒」，蓋謙以求言之詞也。方孫權問計於周瑜㉓，瑜

世人說韓信征伐趙國時，趙廣武君請求用奇兵阻塞井陘口，切斷漢兵的糧道，成安君不聽從。韓信派的間諜暗中探知成安君不採用廣武君的計策，回來報告，韓信非常高興，才敢帶着軍隊東下，就此戰勝了趙國。假使廣武君的計謀得以施行，韓信就將被抓住。韓信自己就說過這話的。周瑜在赤壁抵禦曹操，部將黃蓋向他提出了火攻的計策，恰好東南風颳得緊，全部燒毀了曹操的戰船，曹軍便被打敗了。假使天沒有颳大風，黃蓋不進獻計策，那周瑜就未必會勝利。這

已言：「操冒行四患㉔，將軍禽之宜在今日。」

兩個說法，都是不善於觀察人的說法。以韓信來對抗陳餘，就好比以猛虎來對付羊和豬。韓信對漢王說，請北取燕、趙，即使不能夠通過井陘，也一定有別的出人意料的好辦法。他跟廣武君說：「假使成安君聽從了你的計謀，我也就會被抓住了。」這大概是自謙以便徵求意見的言詞。當孫權向周瑜問計時，周瑜說：「曹操犯了四條兵家的大忌，將軍您要擒拿他就在今天。」

❶韓信伐趙：韓信是劉邦的大將，楚漢之爭中，多立戰功。公元前 204 年，他帶兵滅趙。❷廣武君：李左車，趙封他廣武君。韓信攻趙時，曾為趙獻禦敵之策。後趙敗被俘，韓信親解其縛，向他請教攻打齊、韓的辦法。井陘（xíng）口：在今河北省井陘北井陘山，是太行山區進入華北平原的隘口，韓信攻趙必從此入。❸絕其糧道：指派奇兵悄悄繞到韓信軍後襲其運糧車輛，斷絕其糧食供應。❹成安君：即陳餘，初從陳勝，隨武臣佔據趙地，後擁立武臣為趙王，執掌國政。韓信攻趙時，他不聽李左車的建議，認為義兵不用詐謀奇計，結果兵敗被殺。❺間（jiàn）：間諜，探子。❻引兵：帶兵。❼使：假使。❽禽：通「擒」。成禽，被抓住。❾「信蓋自言之」句：據《史記・淮陰侯列傳》，韓信在向廣武君請教時說過的話。❿周瑜：東漢末吳大將。曹公：指曹操。赤壁：即今湖北武昌縣西赤磯山。⓫黃蓋：周瑜屬下將領，他讓周瑜在軍中毒打他，因假稱欲降曹，帶着塞滿油浸草料的船隻駛向曹操水軍，乘風點火，吳軍遂大敗曹操。⓬會：恰逢。⓭悉燒操舡：悉，全部。曹操之兵士大多為北方人，不習慣乘船。曹操便將戰船首尾相並聯，以求平穩，因而黃蓋能將其船隻全部燒毀。⓮進：獻。⓯夫：發語詞。敵：對抗。⓰當：對。豕（shǐ）：豬。⓱「信與漢王」句：韓信滅魏後，請求劉邦給他增兵三萬，以北攻燕、趙，東擊齊。⓲舉：攻克，佔領。燕、趙：項羽所分封的諸侯，其轄地大致與戰國時燕、趙的地域相當。⓳正使：縱使。⓴它：其他。㉑向：當初。㉒僕：自謙詞。㉓方：當。㉔操冒行四患：周瑜認為，曹操大軍南下，但他後方並不太平；並且他的士兵不擅於水戰；士兵又不服水土，必生疾病；又時當盛寒，馬匹缺乏草料。這就是所說的四患。

劉備見瑜[25]，恨其兵少[26]，瑜曰：「此自足用，豫州但觀瑜破之[27]。」正使無火攻之說，其必有以制勝矣。不然，何以為信、瑜？

❷❺ 劉備：後來蜀漢的建立者。❷❻ 恨：遺憾。❷❼ 豫州：劉備。曾任豫州刺史，故稱豫州。

劉備見到周瑜時，為他的軍隊太少而遺憾，周瑜說：「這些就已經夠用了，豫州您就只管看我周瑜破曹軍。」即使沒有火攻的建議，他也一定有克敵制勝的辦法。不然的話，怎麼能成其為韓信、周瑜呢？

魏相蕭望之（隨筆卷六）

舊時史書上的記載評論，往往有誇大不實的成分。洪邁在這裏列舉西漢宣帝時魏相、蕭望之、于定國這三位所謂賢公卿，指出他們也曾冤殺了一些好人。這不但顯示出洪邁在史學上的高水準，即使對今天讀史者也很有啟發。

趙廣漢之死由魏相①，韓延壽之死由蕭望之②。魏、蕭賢公卿也③，忍以其私陷二材臣於死地乎！楊惲坐語言怨望④，而廷尉當以為大逆不道⑤。以其時考之，乃于定國也⑥。史稱定國為廷尉，民自以不冤⑦，豈其然乎？宣帝治尚嚴⑧，而三人者又從而輔翼之⑨，為可恨也！

趙廣漢的死是因為魏相，韓延壽的死是因為蕭望之。魏相、蕭望之都是賢良的公卿，竟忍心因其私怨而陷害二位有才幹的臣子於死地！楊惲因言語中間埋怨、責怪朝廷，而廷尉判他以大逆不道的罪名。按事件發生的時間推求，這時的廷尉是于定國。史書稱讚于定國作廷尉時，百姓自認為沒有冤獄，難道真是這樣的嗎？漢宣帝治國崇尚嚴厲，而這三個人又順勢佐助他，真是遺憾啊！

❶趙廣漢：西漢名臣，初為陽翟縣令，後任潁川太守、京兆尹。漢宣帝時京畿地區盜竊成風，朝廷權貴家族又仗勢為奸。趙廣漢為京兆尹時使治安大為好轉。後丞相魏相窮究他辦案時屈打成招的事，必欲治其罪，趙廣漢便突擊調查丞相家侍婢死亡事，帶兵闖入魏相家提訊證人。魏相等人便以「摧辱大臣」為由，奏請宣帝殺趙廣漢，吏民數萬請求代死，仍不能免。魏相：宣帝時為御史大夫，後為丞相，據說能整飭吏治，抑奸止惡，時稱賢相。❷韓延壽：西漢名臣，任潁川太守，又移東郡太守，遷左馮翊，他以禮義教化治郡，令行禁止，民少有為奸者。御史大夫蕭望之因恨其為霍光舊臣，便叫御史按問其在東郡之事，延壽遂被處死。蕭望之：初因直諫霍光而不被重用，霍光死，因力攻霍氏。官左馮翊，遷御史大夫，後為太子太傅。宣帝死，受遺詔輔幼主，多所匡正，後為宦官所害。❸公卿：指三公九卿，漢代以丞相、御史大夫和太尉為三公。❹楊惲（yùn）：司馬遷的外孫，宣帝時以父蔭為郎官，因功封平通侯。後為人所告，免為庶人，便大治產業，以財自娛，友人孫會宗寫信勸告他，他回信時頗有牢騷，宣帝見信不悅，結果楊惲被腰斬。坐：由……而獲罪。望：怨恨。❺廷尉：漢代九卿之一，執掌刑法。當：判罪。❻于定國：宣帝時任廷尉，後為丞相。❼「民自以不冤」句：是說廷尉于定國斷案的審慎，務存哀憐，被判罪之人心服口服，認為沒有受冤枉。❽尚：崇尚。❾輔翼：輔佐羽翼。羽翼也是「輔佐」的意思。

北道主人（隨筆卷七）

「東道主」是人們的習慣用語，而《後漢書》裏卻另有「北道主人」的說法。洪邁在這裏一一列出，是一篇很好的本證性質的札記，可使人們增廣見聞。

秦、晉圍鄭，鄭人謂秦盍舍鄭以為東道主①。蓋鄭在秦之東②，故云。今世稱主人為東道者，此也。《東漢》載「北道主人」③，乃有三事：常山太守鄧晨會光武於鉅鹿④，請從擊邯鄲⑤，光武曰：「偉卿以一身從我，不如以一郡為我北道主人。⑥」又：「光武至薊⑦，

❶「秦、晉圍鄭」二句：春秋時，晉、秦合兵圍鄭，鄭文公派燭之武勸說秦穆公退兵，說：不如放過鄭國，讓它負責接待秦國派往東方各諸侯的使節，充當東道主。後世即以東道主泛指待客或宴客的主人。盍：何不。舍：放過。「鄭人謂秦」句見《左傳・僖公三十年》。❷蓋：推測原因之詞。❸《東漢》：指《後漢書》。❹常山：郡名，治所在元氏（今河北元氏西北）。太守：郡長官。鄧晨：字偉卿，初娶劉秀姊為妻，後更始帝任晨為偏將軍、常山太守，每助劉秀。光武：東漢光武帝劉秀。王莽末年，劉秀起兵加入了綠林軍，不久隸屬於更始帝，後平天下，建東漢。鉅鹿：即今河北鉅鹿。❺「請從擊」句：當時邯鄲人王郎合眾起兵，自立為天子。劉秀前往征討，鄧晨請隨劉秀前去作戰。❻北道主人：常山郡在北方，故劉秀稱鄧晨為北道主人。❼薊（jì）：在今北京西南。劉秀前去討伐王郎至此。

秦、晉軍隊包圍了鄭國國都，鄭人對秦說何不放過鄭國讓它作為東道主。大概因為鄭國在秦國的東邊，所以這樣說。今世之所以稱主人為東道，就是這個原因。《後漢書》載「北道主人」，有三件事：常山太守鄧晨在鉅鹿跟光武帝會合，請求跟從他一起去攻伐邯鄲，光武帝說：「偉卿以一身跟從我，還不如以一郡做我的北道主人。」又：「光武帝到薊，

將欲南歸⑧，耿弇以為不可⑨。官屬腹心皆不肯⑩，光武指弇曰：『是我北道主人也。』」「彭寵將反⑪，光武問朱浮⑫，浮曰：『大王倚寵為北道主人。今既不然，所以失望。』」後人罕引用之。

❽「將欲」句：劉秀見邯鄲兵來勢兇猛，故想放棄攻伐。❾耿弇（yǎn）：其父為上谷太守，他到薊投奔劉秀，説可以聯合上谷、漁陽兩郡助劉秀。這兩郡均在河北，故劉秀許以為北道主人。事見《後漢書．耿弇傳》。❿腹心：心腹。⓫彭寵：當時為漁陽太守。跟從劉秀，助其攻王郎，後反叛。⓬朱浮：初從劉秀，任偏將軍，幽州牧，官至大司空。

打算要回到南方去，耿弇認為不能這樣做。光武帝的官屬心腹都不贊同，光武帝指着耿弇說：『這就是我的北道主人。』」「彭寵將要造反，光武帝問朱浮，朱浮說：『大王曾依重彭寵作為北道主人，現在既然不是這樣，所以他失望。』」後人很少引用這「北道主人」的典故。

東晉將相（隨筆卷八）

南宋在歷史上和東晉最相似，所以洪邁要總結東晉的經驗來古為今用。但他不知道東晉盛行門閥制度，將相自然能執掌大權，南宋時門閥制度久已消失，再要恢復到東晉的辦法就絕不可能了。這可以說是洪邁這位封建時代知識份子的認識局限性吧！

西晉南渡，國勢至弱。元帝為中興主①，已有雄武不足之譏。餘皆童幼相承，無足稱算。然其享國百年②，五胡雲擾③，竟不能窺江漢。苻堅以百萬之眾④，至於送死肥水。後以強臣擅權⑤，鼎命乃移⑥，其於江左之勢⑦，固自若也。是果何術哉！嘗考之矣。以國事付一相，而不貳其任⑧，以外寄付方伯⑨，而不輕其權。文武二柄⑩，既得其道，餘皆可概見矣⑪。百年之間，會稽王昱、道子、元顯以宗室⑫，王敦、二桓以逆取⑬，姑置勿言。卞壼、陸玩、郗鑒、陸曄、王彪之、坦之不任事⑭，其真託國者，王導、庾亮、何充、庾冰、蔡謨、殷浩、謝安、劉裕八人而已⑮，方伯之任，莫

西晉南渡後，國勢極為衰弱。晉元帝是中興之君主，已被譏為雄武不足，其餘的皇帝都是年幼繼位，更說不上甚麼。然而它卻享國百年，五胡擾亂，竟不能窺視長江、漢水，苻堅率領百萬軍隊進犯，最後在淝水送死。後來因為強臣專權，帝位才轉移，江左的形勢仍然像原來一樣。這到底用了甚麼辦法呢？我曾經考察過，這是把國事託付給一個宰相，使其責任專一，把外事託付給方伯，而不削弱他們的權力。文武兩方面權力的安排，既已上了正道，其他方面就

重於荊、徐⑯，荊州為國西門，

❶元帝：指晉元帝。西晉滅亡時，以王導為主的中原南遷大族擁立司馬睿為帝，建都於建康（今江蘇南京）。元帝是謚號。中興：復興。❷享國：猶「有國」。❸五胡：指西晉滅亡後，北方先後割據的匈奴、羯、鮮卑、氐、羌五個少數民族。❹苻堅：前秦皇帝，氐族，於383年以大軍攻東晉，在淝水大敗。❺強臣：指劉裕。劉裕初為北府軍中下級軍官，因屢立戰功，官至宰相，控制朝政，最後代晉，建立劉宋。❻鼎命：帝位。古以九鼎象徵擁有天下的權力，故稱帝位為鼎命。❼江左：長江下游以東地區，即今江蘇省一帶。❽貳：不專一。❾方伯：一方之長。本指古代諸侯中的領袖，後世用指獨領一方的軍政實力人物。❿柄：權柄、權力。⓫概見：大略可見。⓬會（kuài）稽：郡名。治所在今浙江紹興。昱（yù）：司馬昱，晉元帝少子，封會稽王，元帝死後，迭易數帝，他一直為宰相。公元371年即位，次年即去世，是為簡文帝。道子：司馬道子，簡文帝子。淝水之戰後為宰相。元顯：司馬元顯，司馬道子之子，後也為宰相。⓭王敦：王導從兄，東晉初擁重兵駐武昌，都督江、揚、荊、湘、交、廣六州軍事。公元322年，曾舉兵攻入建康（今南京），殺元帝寵臣劉刁等，獨專朝政。二桓：指桓溫、桓玄。桓溫曾三次率軍北伐，回朝後為宰相，廢海西公，立簡文帝。桓玄為桓溫之子，溫死後，屢與朝廷軍隊交戰，公元403年曾自立為帝，後敗死。⓮卞壺（kǔn）、陸玩：二人在晉明帝時先後為宰相。郗（xī）鑒、陸曄（yè）：明帝時二人均為重臣，後與王導、庾亮、卞壺等一起受遺詔輔成帝。王彪之：王導從弟之子。他與王坦之，在孝武帝朝均任宰相。⓯王導：晉室南渡後，聯合南北士族擁司馬睿為帝。歷仕元、明、成三帝，對穩定東晉在南方的統治起了很大作用。庾亮：明帝時受遺詔與王導等共輔成帝。任中書令，曾組織平定蘇峻、祖約的叛亂，後出鎮武昌。何充：穆帝永和初年為宰相，輔助幼主。庾冰：庾亮之弟，王導死後，他入朝輔政，康帝時鎮守武昌。蔡謨：在平定蘇峻、祖約之亂中有功，被任命為征北將軍，康帝時任侍中。殷浩：為簡文帝心腹，是與桓溫相抗衡的重要實力人物。謝安：孝武帝時位至宰相，時前秦強盛，他加強防禦，後取得淝水大捷。⓰荊：荊州，治所在今湖北江陵。徐：徐州，治所在京口，即今江蘇鎮江。

都可以大略推知了。百年之間，會稽王司馬昱、司馬道子、司馬元顯因為宗室之故而執政，王敦、二桓因反抗朝廷而掌權，姑且不說。卞壺、陸玩、郗鑒、陸曄、王彪之、王坦之不能承擔大事，而真正託付國事的是王導、庾亮、何充、庾冰、蔡謨、殷浩、謝安、劉裕八人而已。方伯的權任，沒有重於荊州、徐州的，荊州為國家的西門，刺史常都督七八州事，力雄強，分天下半。自渡江訖于太元⑰，八十餘年，荷閫寄者⑱，王敦、陶侃，庾氏之亮、翼，桓氏之溫、豁、沖、石民八人而已⑲，非終於其軍不輒易⑳。將士服習於下，敵人畏敬於外，非忽去忽來、兵不適將、將不適兵之比也㉑。頃嘗為主上論此㉒，蒙欣然領納，特時有不同㉓，不能行爾。

⑰太元：東晉孝武帝年號（376—396）。⑱閫（kǔn）：指城郭的門限。閫寄：寄以閫外之事，即託以軍權。⑲陶侃：太寧三年（325），被任命為征西大將軍，鎮守荊州。咸和三年（328），為平定蘇峻、祖約之亂的主帥。後任侍中、太尉。庾氏之亮、翼：庾亮、庾翼。庾翼繼其兄後，鎮守武昌，以荊州刺史都督江、荊、司、雍、梁、益六州軍事。桓豁：桓溫之子。太元初年（376）為征西大將軍，東晉西面之防禦，全仗其力。桓沖：桓溫弟，溫死，沖代其任，都督江、揚、豫諸州軍事，盡忠朝廷。桓石民：桓豁少子，都督荊、江、豫三州軍事，且為襄城太守，屢與苻堅及其殘部作戰，曾討滅苻堅之子苻丕。⑳輒：輕易。㉑「非……之比也」句：洪邁這話是針對宋朝而言。宋朝為防止軍將擁兵割據，實行了「更戍法」等措施，駐軍經常調防，忽去忽來，將帥無常統之兵，故兵將互不適應。㉒頃：不久之前。㉓特：只是。

刺史常常都督七八州的軍事，實力強大，分去了天下之半。從渡江到太元時，八十多年，任閫寄的僅王敦、陶侃、庾亮、庾翼、桓溫、桓豁、桓沖、桓石民八人而已，這些人若不是死在軍中從不輕易更換。在下面的將士順從習慣，在外邊的敵人畏懼不敢輕慢，不是那種忽去忽來、士兵適應不了將領、將領也適應不了士兵的情況可比。前不久曾為皇上議論到這點，蒙皇上欣然接納，只是時勢有所不同，不能實行罷了。

唐揚州之盛（隨筆卷九）

歷史上的古城市常有其興盛衰落的演變。洪邁在這裏根據唐人詩篇，指出了揚州在唐宋間由盛而衰的過程。至於揚州因地處南北交通運河要道，到明清時又一度繁盛，則自是洪邁所不能預料的了。

唐世鹽鐵轉運使在揚州①，盡斡利權②，判官多至數十人③，商賈如織。故諺稱「揚一益二」④，謂天下之盛，揚為一而蜀次之也。杜牧之有「春風十里珠簾」之句。張祐詩云⑤：「十里長街市井連⑥，月明橋上看神仙。人生只合揚州死⑦，禪智山光好墓田⑧。」王建詩云⑨：「夜市千燈照碧雲，高樓紅袖客紛紛⑩。如今不似時平日⑪，猶自笙歌徹曉聞⑫！」徐凝詩云：「天下三分明月夜，二分無賴是揚州⑬。」其盛可知矣。自畢師鐸、孫儒之亂⑭，蕩為丘墟⑮。楊行密復葺之⑯，稍成壯藩，又燬於顯德⑰。本朝承平百七十年⑱，尚不能及唐之什一，今日真可酸鼻也！

唐代的鹽鐵轉運使設在揚州，統管財利，判官多到幾十人，商賈稠密如織。所以諺語稱「揚一益二」，是說天下的繁盛，揚州為第一而益州次之。杜牧有「春風十里珠簾」的詩句，張祐詩說：「十里長街市井連，月明橋上看神仙。人生只合揚州死，禪智山光好墓田。」王建詩說：「夜市千燈照碧雲，高樓紅袖客紛紛。如今不似時平日，猶自笙歌徹曉聞！」徐凝詩說：「天下三分明月夜，二分無賴是揚州。」它的繁盛就可想而知了。從畢師鐸、孫儒作亂，揚州蕩為廢墟。楊行密又加以修葺，漸成盛市，又毀於顯德年間。本朝承平一百七十年，揚州還不能趕上唐朝的十分之一，今天真使人要傷心流淚！

❶鹽鐵轉運使：官名，唐代中期以後特置鹽鐵使，以管理食鹽專賣為主，兼掌銀銅鐵錫的開採冶煉。鹽鐵使又常兼轉運使（掌穀物財貨的運輸），通稱鹽鐵轉運使，該使常駐揚州。❷斡（guǎn）：通「管」，管領。❸判官：鹽鐵轉運使的屬官，負責具體事務。❹益：益州治所成都，即今四川成都。杜牧之：唐詩人杜牧，字牧之。此處所引出於其《贈別》詩，原句為「春風十里揚州路，卷上珠簾總不如」。❺張祜：唐詩人，引詩題為《縱遊淮南》。❻市井：指做買賣的地方。❼合：當，該。❽禪智山：在揚州城東。❾王建：唐詩人，引詩題為《夜看揚州市》。❿紅袖：指歌舞伎。⓫「如今」句：唐代在肅宗、代宗以後，藩鎮割據，邊境不寧，不似往昔承平日。⓬笙（shēng）：一種簧管樂器。笙歌：指吹笙唱歌。徹曉：通宵達旦，整夜。徐凝：唐詩人。所引詩句見《憶揚州》。⓭無賴：指因無所依託而產生的愁悶。⓮畢師鐸（duó）：唐僖宗乾符年間參加王仙芝領導的起義軍，後降高駢，不久又獨立，攻駢於揚州。孫儒：初為忠武軍裨校，黃巢起義爆發，他以兵屬秦宗權，後叛宗權，又與楊行密爭淮南，破揚州。⓯丘墟：廢墟。⓰楊行密：唐末起兵據廬州，後攻殺孫儒，入揚州，被唐朝封為吳王。葺（qì）：修治。⓱「又燬於」句：周世宗顯德元年（954）至四年，多次討伐南唐，揚州成為雙方爭奪之地。⓲承平：指社會比較持久的安定局面。

玉蕊杜鵑（隨筆卷十）

長安的玉蕊花和潤州的杜鵑花在唐人心目中都極名貴，甚至編造出神話來。但在江東卻是開得漫山遍野的尋常品種。洪邁通過這件事，講了「物以稀為貴」的道理。

物以希見為貴，不必異種也。長安唐昌觀玉蕊①，乃今瑒花②，又名米囊，黃魯直易為山礬者③。潤州鶴林寺杜鵑④，乃今映山紅，又名紅躑躅者⑤。二花在江東彌山亙野⑥，殆與榛莽相似⑦。而唐昌所產，至於神女下游，折花而去，以踐玉峯之期⑧。鶴林之花，至以為外國僧鉢盂中所移⑨，上玄命三女下司之⑩，

❶ 唐昌觀：道觀名。玉蕊：一種落葉灌木，暮春開白花，花瓣八出，像雕玉。❷ 瑒（chàng）花：瑒為古代祭祀用的玉，此花形色似之，故名。❸ 黃魯直：北宋詩人黃庭堅，字魯直。山礬（fán）：玉蕊葉可染黃，可代替礬土，故黃庭堅把它叫山礬。見其《戲詠高節亭邊山礬花詩序》。❹ 鶴林寺：在鎮江黃鶴山下。❺ 躑躅（zhí zhú）：本義為徘徊，此處為花名。❻ 彌：滿。❼ 殆：幾乎，差不多。榛（zhēn）莽：蕪雜叢生的草木。❽ 踐：履行。玉峯：指神仙所居之地。據唐代康駢《劇談錄》載，元和年間唐昌觀玉蕊盛開，有一仙女曾降臨賞花，取花數枝而去，説將去參加玉峯山上仙人的聚會。❾ 缽盂：僧人的食器。❿ 上玄：上帝。三女：疑為「二女」之誤。司：主掌。唐代沈汾《續仙傳》説鶴林寺中這棵杜鵑是一外國僧從天台移來。後來花園鎖閉，有人見二女子共遊樹下，乃是上帝派來的花神，能叫此花非時開放，且説此花不久將歸天宮。後該樹焚於兵火。

物品因為不常見而貴重，而不一定是奇異的品種。長安唐昌觀的玉蕊，就是現在的瑒花，又叫米囊，黃庭堅改其名為山礬。潤州鶴林寺的杜鵑花，就是現今的映山紅，又叫紅躑躅。兩種花在江東漫山遍野，差不多跟叢生的草木一樣。而唐昌觀所生長的玉蕊，至於仙女下凡遊賞，折花而去，以踐玉峯的約會。鶴林寺的杜鵑花，至以為從外國僧人缽盂中移來，上帝指派三位仙女下凡掌管它，

已逾百年，終歸閬苑⑪。是不特土俗罕見，雖神仙亦不識也。王建《宮詞》云⑫：「太儀前日暖房來⑬，囑向昭陽乞藥栽⑭。勑賜一窠紅躑躅⑮，謝恩未了奏花開⑯。」其重如此，蓋宮禁中亦鮮云⑰。

⑪閬（làng）苑：為神仙所居之地。⑫王建：唐詩人，所作《宮詞》一百首，寫帝王宮苑中的生活，所引為第七十四首。⑬太儀：公主的母親。暖房：古時遷居前一日，親友攜酒食前往祝賀、宴飲，稱為「暖房」。⑭昭陽：本為漢朝後宮之昭陽殿。後常用以代稱皇后所居住的宮殿。藥：芍藥。古人栽芍藥以供觀賞。⑮勑（chì）：皇帝的的命令。窠（kē）：通「棵」。⑯了：結束。⑰宮禁：即皇宮，宮中不得隨便出入，門戶有禁，故稱「宮禁」。鮮（xiǎn）：少。

已經過了百年，最終回歸閬苑。這樣說來就不只是土俗所罕見，縱使神仙也不識了。王建《宮詞》說：「太儀前日暖房來，囑向昭陽乞藥栽。勑賜一窠紅躑躅，謝恩未了奏花開。」它貴重到了如此地步，大概在宮廷中也很少有。

漢封禪記（隨筆卷十一）

洪邁是一位極有能力的文藝批評家、鑒賞家。這篇馬第伯的《封禪儀記》就是經洪邁的鑒賞才知名於世的。《封禪儀記》的長處就在於能用白描的方式寫出泰山的峭險和攀登的不易，較諸借助於詞藻者更能傳神。

應劭《漢官儀》載馬第伯《封禪儀記》①，正紀建武東封事②，每稱天子為國家，其敍山勢峭險、登陟勞困之狀極工③，予喜誦之。其略云：「是朝上山，騎行，往往道峻峭④，下騎步，牽馬，乍步乍騎且相半⑤。至中觀⑥，留馬，仰望天關⑦，如從谷底仰觀抗峯⑧。其為高也，如視浮雲，其峻也，石壁窅窱⑨，如無道徑⑩。遙望其人，端如行杇兀⑪，或為白石，或雪，久之，白者移過樹，乃知是人也。殊不可上，四布僵臥石上。亦賴齎酒脯⑫，處處有泉水，復勉強相將行⑬。到天關，自以已至也⑭，問道中人，言尚十餘里⑮。其道旁山脅⑯，仰視巖石松

應劭《漢官儀》載錄了馬第伯《封禪儀記》，正是記建武年間東封的事，文中每稱天子為國家，敍述山勢陡峭險峻，跋涉時疲勞艱難的情況極為精工，我喜歡讀它。它大概的內容是：「這天早晨上山，騎着馬前進，處處道路峻峭，下了馬步行，牽着馬走，一下子步行，一下子又騎馬，幾乎是步騎各半。到了中觀，留下馬，仰望天關，就像從谷底仰望高聳的山峯。山峯的那個高呀，就像看浮雲一樣。它的峻峭，石壁直向高遠處伸去，好像沒有道路。遠望山上的人，正像行走的杇兀，有的

樹，鬱鬱蒼蒼⑰，若在雲中。俯視溪谷，碌碌不可見丈尺⑱。直上七里，賴其羊腸逶迤⑲，名曰環道，往往有絙索⑳，可得而登也。兩從者扶挾㉑，前人相牽，後人見前人履底，

❶ 應劭（shào）：東漢末學者。曾任泰山郡太守。博學多識，平生著述頗豐。《漢官儀》：記西漢官制、儀典的書，原書今佚，清人有輯本。封禪：帝王祭天地的大典。在泰山上築壇祭天稱「封」，在泰山下辟場祭地稱「禪」，封禪是為了報答天地之功。❷ 紀：記。建武東封事：東漢光武帝建武三十二年（56）二月二十二日，光武帝在王公貴族及朝官的陪同下，東至泰山，從山南面升山頂封壇祭天，至傍晚始下。二十五日禪於梁陰。❸ 陟（zhì）：升，登。❹ 往往：處處。❺ 乍（zhà）：忽然，突然。❻ 中觀：泰山南面一景。❼ 天關：即南天門。❽ 抗：通「亢」。高。❾ 窅窱（yǎo tiǎo）：深遠貌。❿ 道徑：道路。⓫ 朽兀：當是一種物件，其詳已不可考。⓬ 賴：靠。齎（jī）：攜帶。脯（fǔ）：乾肉。⓭ 將：扶。⓮ 以：以為。⓯ 尚：還。⓰ 脅：邊側。⓱ 鬱鬱蒼蒼：繁盛貌。⓲ 碌碌：多石貌。⓳ 羊腸逶迤（wēi yí）：像羊腸那樣彎曲延伸。⓴ 絙（gēng）：粗索。㉑ 扶挾（xié）：在兩旁扶持護衛。

像白石，有的像雪，過了好一會兒，白的移過了樹，方知是人。山峯很難上去，人們四散僵臥在石頭上。也靠着攜帶的酒和乾肉，處處還有泉水，又勉強互相撐扶着往前走。到了天關，自以為已經到達目的地，問路上的人，說還有十多里。從路旁山側，抬頭望巖石松樹，茂密蒼翠，好像在雲中一樣。低頭看山谷溪流，盡是石頭以致看不到多遠。徑直再往上走了七里，多虧羊腸曲折，名叫環道，道旁處處有粗索，可以借助它攀登上去。由兩名從者扶持，前人牽着後人，後人看見前人的鞋底，

前人見後人頂，如畫㉒。初上此道，行十餘步一休；稍疲，咽脣燋㉓，五六步一休，牒牒據頓地㉔，不避暗濕，前有燥地，目視而兩腳不隨。」又云：「封畢，詔百官以次下，國家隨後。道迫小㉕，步從匍匐邪上㉖。起近炬火，止亦駱驛㉗。步從觸擊大石，石聲正讙㉘，但讙石無相應和者。腸不能已㉙，口不能默㉚。明日，太醫令問起居㉛，國家云：『昨上下山，欲行迫前人㉜，欲休則後人所蹈㉝，道峻危險。國家不勞。』」又云：「東山名曰日觀㉞，雞一鳴時，見日始欲出，長三丈所㉟。秦觀者望見長安㊱，吳觀者望見會稽㊲，周觀者望見齊㊳。」凡記文之工悉如此，而未嘗見稱於昔

前人看見後人的頭頂，像畫一般。剛走上這條道路時，走十幾步休息一下；漸漸疲勞了，咽喉嘴唇焦乾，五六步休息一下，頻頻佔地仆倒，不管仆倒之處的陰濕，即使前面有乾燥的地方，眼睛看到了但兩腳卻挪不動了。」又說：「封壇祭天完了，詔令百官按次序下山，國家隨後。道路窄小，隨從匍匐邪上，前頭接近炬火，末尾還連續不絕。隨從觸擊大石，石聲即喧響起來，只是石頭喧響沒有互相應和的。人們腸子不能停止回轉，口裏喘氣不止。第二天，太醫令來問候是否

賢，秦、吳、周三觀，亦無曾用之者。今應劭書脫略㊴，唯劉昭補注《東漢志》僅有之㊵，亦非全篇也。

㉒如畫：原文為「如畫重累人」。㉓燋（jiāo）：通「焦」。㉔牒牒（dié）：迭迭，頻頻。據頓：佔地仆倒。㉕迫：窄。㉖匍匐（pú fú）：爬行。㉗駱驛（luò yì）：同「絡繹」。連續不斷。㉘讙（huān）：喧鬧。㉙腸不能已：已：止。腸子不能停止回轉，飢渴勞頓所致。㉚口不能默：指口裏不停地喘氣。㉛太醫令：宮廷御醫之長。㉜迫：逼。㉝蹈：踩。㉞日觀：為觀泰山日出之處，故名。㉟所：概數詞，三丈所，猶三丈許、三丈多。㊱長安：故城在今陝西西安西北。㊲會稽（kuài jī）：郡名，當時的治所在今江蘇蘇州。㊳周觀：據《泰山記》說，周觀就是日觀。齊：即今山東省泰山以北黃河流域及膠東半島地區。㊴應劭書：指應劭《漢官儀》。㊵《東漢志》：即晉代司馬彪《續漢書》的八志（北宋時合併於《後漢書》中，《後漢書》原無志），有南朝梁代劉昭注。其中《祭祀志》上講到東漢光武帝建武年間的封禪，劉昭注節引《封禪儀記》以為注。

平安，國家說：『昨天上下山時，想前進又逼迫了前人，想停下來又要被後人踩着，道路陡峭危險。朕不勞累。』」又說：「東山名叫日觀，雞一叫時，看見太陽剛要昇起，長三丈許。秦觀上可遠遠望見長安，吳觀上遠遠望見會稽，周觀上遠遠望見齊地。」大凡記文的精工全像這樣，卻未曾得到前人的稱道，秦、吳、周三觀的說法，也沒有被人用過。今天應劭的書已脫漏簡略，只有劉昭補注的《續漢書志》中保存着，也不是全篇了。

三省長官（隨筆卷十二）

職官的名稱制定了不易更改，而其職掌及權力大小都隨時代而大有變化。洪邁以三省長官尚書令、中書令、侍中為例，說明了這個問題。對讀史者、研究官制者大有幫助。

中書、尚書令在西漢時為少府官屬①，與太官、湯官、上林諸令品秩略等②，侍中但為加官③，在東漢亦屬少府，而秩稍增。尚書令為千石，然銅印墨綬④，雖居幾要⑤，而去公卿甚遠⑥，至或出為縣令⑦。魏晉以來，浸以華重⑧，

❶「中書、尚書令」句：少府是秦漢時掌天子私人供養事務的官府。尚書屬少府，漢初僅掌收發宮殿文書，到武帝時，又用宦者擔任，叫中書。成帝時廢中書宦者，重設尚書五人。而後皇帝依靠尚書協理文書政務，發展為尚書台。魏文帝時又將原祕書省改為中書省，置中書監、令，以分尚書台（省）之權。❷太官、湯官：太官令、湯官令均掌皇帝的膳食。上林：指上林監。負責管理皇帝的上林苑。太官、湯官、上林諸令、監都是少府屬官。品秩：指某一職官的等級和俸祿。兩漢時以俸祿的概數來表示官員的等級，從萬石到一百石，共十六級。❸侍中：西漢時為自列侯以下至郎中的加官。如加此官號，就可以侍從皇帝、出入宮廷。後來皇帝讓其參與機密，出宣詔命。❹綬（shòu）：繫在印紐上的絲帶。印與綬也用來顯示地位等級，兩漢分金印紫綬、銀印青綬、銅印墨綬、銅印黃綬四等。❺幾要：機要。❻公卿：指三公九卿。西漢初年，丞相、御史大夫、太尉掌握國家軍政大權，成帝時分別改三官為大司徒、大司空、大司馬，稱為三公。兩漢又沿秦制，設太常等九個部門負責具體行政事務，其長官合稱九卿。❼縣令：縣的長官。❽浸：漸漸。華重：貴顯、貴重。

中書令、尚書令在西漢時是少府的屬官，跟太官、湯官、上林諸令品秩大致相等。侍中只是加官，在東漢也屬少府，而品秩稍有增加。尚書令是千石，但使用銅印和墨綬，雖然位居機要，而與公卿之位相距甚遠，以致有時被派出去做縣令。魏晉以來，漸漸貴重起來，

唐初遂為三省長官⑨，居真宰相之任，猶列三品，大曆中乃升正二品⑩。入國朝⑪，其位益尊，敍班至在太師之上⑫，然只以為親王及使相兼官⑬，無單拜者。見任宰相帶侍中者才五人⑭：范魯公質⑮、趙韓王普⑯、丁晉公謂⑰、馮魏公拯⑱、韓魏王琦⑲。尚書令又最貴，除宗王外⑳，不以假人㉑。趙韓王、韓魏王始贈真令㉒。韓公官止司徒㉓，及贈尚書令，乃詔自今更不加增，蓋不欲以三師之官贅其稱也㉔。政和初㉕，蔡京改侍中、中書令為左輔、右弼㉖，而不置尚書令，以為太宗皇帝曾任此官。殊不知乃唐之太宗為之㉗，故郭子儀不敢拜㉘，非本朝也。

唐朝初年便成為三省長官，位居真宰相的職任，只是還列三品，大曆中才升為正二品。到了我朝，其地位更加尊貴，排列朝班時甚至在太師之上，但只作為親王及使相的兼官，沒有單獨任命的。現任宰相帶侍中官號的只有五人：魯國公范質、韓王趙普、晉國公丁謂、魏國公馮拯、魏王韓琦。尚書令又是最尊貴的，除宗王以外，不會授予其他人。韓王趙普、魏王韓琦才被真授尚書令。韓公官只封到司徒，到授尚書令時，便詔令從今以後不再加增，大概是不想用三師之官附加綴到尚書令上。政和初年，蔡京把侍中、中書令改為左輔、右弼，而不設尚書令，乃認為太宗皇帝曾擔任此官。殊不知是唐朝的太宗擔任過，所以郭子儀不敢拜受，而非本朝。

❾三省長官：指尚書省長官尚書令、中書省長官中書令、門下省長官侍中。❿大曆：唐代宗年號（766—779）。正一品：職事官的等品開始只有九品，以一品最貴。後九品各分正從，從第四品起，正、從品又各分上下，故後有三十級。⓫國朝：指宋朝。⓬敍班：即指朝見時位次順序的排列。太師：徽宗政和以前宋代三師（太師、太傅、太保）之一，正一品，是最高榮譽官職。⓭親王：宋以皇帝的兄弟和皇子為親王。使相：宋代親王、留守、節度使帶宰相稱號者稱使相。⓮見（xiàn）：同「現」。⓯范魯公質：范質，宋初大臣，後周時即官宰相，陳橋兵變後，加侍中，仍為宋相。後封魯國公。⓰趙韓王普：趙普，宋太祖乾德二年（964）為相。太宗朝曾兩次入相。死後封韓王。⓱丁晉公謂：丁謂，真宗天禧四年（1020）為宰相，加昭文館大學士，封晉國公。⓲馮魏公拯：馮拯，天禧四年拜相。封魏國公。⓳韓魏王琦：韓琦，仁宗嘉祐三年（1058）拜相，英宗時封魏國公，神宗初拜司徒兼侍中。⓴宗王：指皇帝宗族封王者。㉑假：借，給。㉒贈真令：真授尚書令。㉓司徒：宋初以太尉、司徒、司空為三公，至徽宗政和二年（1112）始廢，而以原三師為三公。從司徒遷到太師還要經過四階。㉔贅（zhuì）：附着。㉕政和：宋徽宗年號（1111—1118）。㉖「蔡京改」句：蔡京（1047—1126）徽宗朝權臣。崇寧元年（1102）為相，變亂國制，搜刮天下。改官制事發生在政和年間。㉗「殊不知」句：唐太宗李世民在即位之前曾任尚書令，後臣下不敢居此位，便以尚書省副長官左、右僕射為長官。㉘「故郭子儀」句：郭子儀平定安史之亂，功居第一，德宗時升中書令，又因平定僕固懷恩叛亂，代宗想拜他為尚書令，他以太宗曾任此官懇辭。

孫吳四英將（隨筆卷十三）

周瑜、魯肅、呂蒙、陸遜都是東吳地方勢力的代表人物，東吳的孫氏政權，正是建立在和他們合作的基礎之上的。洪邁能發現這一點說明他的觀察很敏銳。但要古為今用則用不上，因為東吳和南宋的局面是完全不同的。

孫吳奄有江左①，亢衡中州②，固本於策、權之雄略③，然一時英傑，如周瑜、魯肅、呂蒙、陸遜四人者④，真所謂社稷心膂⑤，與國為存亡之臣也。自古將帥，未嘗不矜能自賢⑥，疾勝己者⑦。此諸賢則不然。

❶孫吳：東吳的孫氏政權。公元 222 年孫權在建業（今江蘇南京）稱吳王，229 年稱帝。佔有今長江中下游，南至福建、兩廣以及越南北部和中部，280 年為晉所滅。奄（yǎn）：包括。江左：即江東。指蕪湖、南京以下的長江南岸地區。❷亢：假借為「抗」。中州：即中原，當時中原地區為曹魏所統治。❸策：孫策，孫堅之子、孫權之兄。❹周瑜：見 P17《韓信周瑜》注❿。魯肅出身士族。初率部屬投奔周瑜，周瑜又推薦給孫權。周瑜死後，魯肅任奮武校尉，升偏將軍，代領其兵。後跟從孫權攻破皖城。呂蒙：初依附孫策部將鄧當，後從孫權，因戰功升偏將軍、虎威將軍。魯肅死，呂蒙代領其軍，破荊州，擒殺關羽。陸遜：孫策之婿，善謀略，曾與呂蒙定襲取關羽之計，後代呂蒙屢破蜀、魏之軍。❺社稷：本指土神、穀神，舊時用作國家的代稱。膂（lǚ）：脊骨。心膂猶言主心骨、棟樑。❻未嘗：從來沒有。「未嘗不」是雙重否定，好比說「總是」。矜（jīn）：自誇，炫耀。自賢：自以為有才能。❼疾：通「嫉」，妒忌。

孫吳囊括江東地區，與中原相抗衡，固然是基於孫策、孫權的雄才大略，但也有賴於當時的英傑，像周瑜、魯肅、呂蒙、陸遜四人，真是所謂社稷棟樑，國家存亡繫於其身的大臣。自古以來的將帥，從來沒有不誇耀才能、自以為賢，妒忌勝過自己的人。而這幾位卻不是這樣。

孫權初掌事，肅欲北還[8]，瑜止之，而薦之於權曰：「肅才宜佐時，當廣求其比[9]，以成功業。」後瑜臨終與權箋曰[10]：「魯肅忠烈，臨事不苟[11]，若以代瑜，死不朽矣[12]！」肅遂代瑜典兵[13]。呂蒙為尋陽令[14]，肅見之曰：「卿今者才略非復吳下阿蒙[15]。」遂拜蒙母，結友而別，蒙遂亦代肅。蒙在陸口[16]，稱疾還[17]。權問：「誰可代者？」蒙曰：「陸遜意思深長[18]，才堪負重[19]，觀其規慮，終可大任，無復是過也[20]。」遜遂代蒙。四人相繼，居西邊三四十年，為威名將，曹操、劉備、關羽皆為所挫[21]。雖更相汲引[22]，而孫權委心聽之[23]，吳之所以為吳，非偶然也。

孫權剛掌管國事時，魯肅想回到北方，周瑜勸止了他，並把他推薦給孫權，說：「魯肅的才能應輔佐時主，當廣求這類人才，以成就大業。」後來周瑜臨終時給孫權寫信說：「魯肅為人忠烈，處理事情謹慎可靠，如果讓他代替我周瑜，那我雖死也不朽了！」魯肅於是代替周瑜掌管兵權。呂蒙為尋陽令時，魯肅見到他說：「卿現在的才略不再是吳下阿蒙了。」便拜見呂蒙的母親，跟呂蒙結為朋友而後告別。後來呂蒙也代替了魯肅。呂蒙在陸口，稱病回京，孫權問：「誰可接替您呢？」呂蒙說：「陸遜深謀遠慮，才能足以負重，觀察他所規劃謀慮的事，終究可以大用，沒有人能超過他了。」於是陸遜便代替了呂蒙。這四人一個接替一個，在西邊駐守三四十年，成為有威名的將領，曹操、劉備、關羽都被他們所挫敗。他們四個人雖然遞相引薦，但孫權完全放心地信任他們，孫吳之所以能成為孫吳，並不是偶然的。

❽「肅欲北還」句：魯肅為臨淮東城（今安徽定遠東南）人，過江跟從周瑜，不久其祖母死，還葬東城，好友劉子揚約他投奔巢湖的割據者鄭寶，因此魯肅想回到北方去。❾比：同類。❿箋：信。⓫臨：面對。苟：隨便、苟且。⓬死不朽矣：是「至死不忘」的意思。周瑜求孫權任用魯肅，如能照辦，周瑜自言將至死不忘。⓭典：主，掌管。⓮尋陽：縣名，故城在今湖北黃梅西南。呂蒙曾擊退魏將曹仁，佔領南郡（治所在今湖北公安），拜偏將軍，領尋陽縣令。⓯「卿今者才略」句：卿，古代長輩對晚輩的稱謂。呂蒙少時不讀書，後掌軍事，孫權勸其讀史書、兵書，其見魯肅時已大有長進，故得魯肅讚揚。⓰陸口：在今湖北嘉魚西南，為陸水入江處，孫吳軍事要衝。⓱疾：病。⓲意思：心思、思想。史稱陸遜善謀慮，「意思深長」即指此而言。⓳堪：能夠。⓴無復：再也沒有。是過：過是，超過這個。㉑「曹操、劉備……所挫」句：曹操曾率大軍南下征吳，敗於赤壁。劉備在關羽死後，大舉攻吳，在彝陵之戰中為陸遜所敗。㉒汲（jí）引：引薦，薦舉。㉓委：交給。「委心」即指把心交給對方，表示完全信任對方。聽：聽從。

絕唱不可和（隨筆卷十四）

所謂絕唱，是一時興至神來的詩作，後人再出力模仿也是無從企及的。洪邁在這裏列舉了大詩人蘇軾模仿前人絕唱而失敗的事例，說明了這個道理。

韋應物在滁州①，以酒寄全椒山中道士②，作詩曰：「今朝郡齋冷③，忽念山中客。澗底束荊薪④，歸來煮白石⑤。欲持一樽酒⑥，遠慰風雨夕。落葉滿空山，何處尋行跡？」其為高妙超詣⑦，固不容夸說，而結尾兩句，非復語言思索可到。東坡在惠州⑧，依其韻作詩寄羅浮鄧道士曰⑨：「一杯羅浮春⑩，遠餉采薇客⑪。遙知獨酌罷，醉臥松下石。幽人不可見，

❶韋應物：唐詩人，德宗時，曾任滁（chú）州刺史。滁州：治所在今安徽滁州。❷全椒山：在滁州境內。❸齋：房舍。郡齋指州郡長官的府第。❹澗（jiàn）：夾在兩山間的水溝。束：捆。荊薪：柴火。❺煮白石：典出《神仙傳・白石道人》。白石道人不食人間煙火，煮白石為食。❻樽（zūn）：古代盛酒器。❼超詣（yì）：學問技藝高超。❽惠州：即今廣東惠州市惠陽區。蘇軾在哲宗紹聖初貶謫至此。❾羅浮：羅浮山，在廣東增城縣東。❿羅浮春：酒名。⓫餉（xiǎng）：贈送。薇（wēi）：即野豌豆。相傳武王滅商後，伯夷、叔齊不願意做周武王的臣民，便隱居首陽山，採薇而食，後因以「採薇客」指隱居者。

韋應物在滁州時，拿酒寄送全椒山中道士，作詩說：「今朝郡齋冷，忽念山中客。澗底束荊薪，歸來煮白石。欲持一樽酒，遠慰風雨夕。落葉滿空山，何處尋行跡？」其高妙卓越，固然毋庸誇說，而結尾兩句，更不是語言思索之所能獲得。蘇東坡在惠州時，按照它的韻腳寫詩寄給羅浮山鄧道士說：「一杯羅浮春，遠餉采薇客。遙知獨酌罷，醉臥松下石。幽人不可見，

清嘯聞月夕⑫。聊戲庵中人⑬，空飛本無跡。」劉夢得「山圍故國周遭在，潮打空城寂寞回」之句⑭，白樂天以為後之詩人，無復措詞。坡公倣之曰：「山圍故國城空在，潮打西陵意未平⑮。」坡公天才，出語驚世，如追和陶詩⑯，真與之齊驅。獨此二者，比之韋、劉為不侔⑰。豈非絕唱寡和⑱，理自應爾邪⑲？

⑫ 嘯（xiào）：撮口作聲，打口哨。在古代被視為清閒自得、超凡灑脱之舉。月夕：月夜。此句意為：在月夜中聽到清嘯。⑬ 聊：姑且。庵（ān）：小草屋。⑭ 劉夢得：唐詩人劉禹錫，字夢得。這兩句詩出於其《金陵五題・石頭城》。國：國都，金陵（今江蘇南京）曾為孫吳、東晉、宋、齊、梁、陳六朝的都城。周遭：周圍。兩句詩的意思是：圍繞着這座故都的羣山依然圍繞着它，潮水拍打着空城，又默默地退回去。⑮ 見蘇軾《次韻秦少章和錢蒙仲》詩。該詩為七律。所引為頸聯。⑯ 陶詩：指東晉詩人陶淵明的詩。⑰ 侔（móu）：相等。⑱ 絕唱：絕妙無比的詩文。⑲ 爾：如此。

清嘯聞月夕。聊戲庵中人，空飛本無跡。」劉禹錫「山圍故國周遭在，潮打空城寂寞回」的詩句，白居易認為後來的詩人再不能在這方面寫出更好的句子了。蘇東坡仿照它寫道：「山圍故國城空在，潮打西陵意未平。」蘇東坡真是天才，一説話便能驚世，如他追和陶淵明的詩，真能並駕齊驅了。只是這兩篇與韋應物、劉禹錫原作比起來是不相稱的，難道不是絕唱少能和唱，按理自應如此嗎？

張文潛哦蘇杜詩（隨筆卷十五）

這是洪邁轉述張耒對杜甫《玉華宮》詩和蘇軾梨花詩的欣賞。今天讀起來仍會覺得張耒、洪邁的欣賞是不錯的。至於張耒的《離黃州》詩也誠是佳作，其情調和《玉華宮》詩確有共通之處。

「溪迴松風長①，蒼鼠竄古瓦②。不知何王殿③，遺締絕壁下④。陰房鬼火青⑤，壞道哀湍瀉⑥。萬籟真笙竽⑦，秋色正蕭灑⑧。美人為黃土⑨，況乃粉黛假⑩。當時侍金輿⑪，故物獨石馬。憂來藉草坐⑫，浩歌淚盈把⑬。冉冉征途間⑭，誰是長年者⑮？」此老杜《玉華宮》詩也⑯。張文潛暮年在宛丘⑰，何大圭方弱冠⑱，往謁之⑲，凡三日，見其吟哦此詩不絕口⑳，大圭請其故㉑。曰：「此章乃《風》、《雅》鼓吹㉒，未易為子言。」大圭曰：「先生所賦㉓，何必減此㉔？」曰：「平生極力模寫㉕，僅有一篇稍似之，然未可同日語㉖。」遂誦其《離黃州》詩㉗，偶同此韻，曰：「扁舟發孤城㉘，揮手謝送者㉙。

「溪迴松風長，蒼鼠竄古瓦。不知何王殿，遺締絕壁下。陰房鬼火青，壞道哀湍瀉。萬籟真笙竽，秋色正蕭灑。美人為黃土，況乃粉黛假。當時侍金輿，故物獨石馬。憂來藉草坐，浩歌淚盈把。冉冉征途間，誰是長年者？」這就是杜甫的《玉華宮》詩。張耒晚年在宛丘時，何大圭才二十來歲，前去拜見，一連三天，都看到張耒不斷吟誦這首詩，何大圭請問為甚麼，張耒說：「這首詩可稱得上《風》、《雅》鼓吹，其中妙處不是輕易能跟你講得清楚的。」何大圭說：「先生所作

山回地勢卷，天豁江面瀉㉚。中流望赤壁㉛，石腳插水下。昏昏煙霧嶺，歷歷漁樵舍㉜。

❶迴：曲折，迂迴。玉華宮前有一溪流，叫醴醁溪。松風：從松樹林裏吹來的風。長：悠長。❷蒼：灰白色。❸「不知何王殿」句：玉華宮建於唐太宗貞觀年間，高宗永徽年間廢為寺。❹締：結構，構造。杜甫詩集均作「構」，當是洪邁因避高宗（趙構）名諱而改。玉華宮是就着一面巖壁而建造的，故說「遺締絕壁下」。❺陰房：向北背陽的用來避暑的房子。鬼火：磷火。❻湍（tuān）：急流的水。瀉：水往下奔流。「壞道哀湍瀉」是說奔流的溪水沖壞了道路。❼籟（lài）：初指從孔穴裏發出的聲音，後來自然界的聲音均可叫籟，或稱萬籟、天籟。笙竽：均為管樂器，編數管而成，笙小而竽大。❽蕭灑：凄清，肅殺。❾美人：指當年皇帝身邊的嬪妃宮女。❿粉黛：搽臉的白粉和畫眉的黛黑。「粉黛假」指殉葬的木偶人（據邵二泉說）。⓫金輿：指皇帝的車駕。「侍金輿」即指隨從陪同皇帝乘車出入。⓬憂：指憑弔古跡而產生憂思惆悵。藉（jiè）：用……墊着。⓭浩歌：高歌。盈：滿。把：一手所握的稱「把」。⓮冉冉（rǎn）：慢慢地。⓯「誰是」句：意思是說，有誰是長壽者，能親眼看到這榮衰無常、滄海桑田的變化。⓰玉華宮：在陝西宜君西南。⓱張文潛：北宋文學家張耒，字文潛，「蘇門四學士」之一。元祐年間，任祕書省正字、著作郎，紹聖中被貶至宣州、黃州。晚年定居於陳州宛丘（在今河南淮陽）。⓲何大圭：政和年間進士，曾任祕書省著作郎，南宋時在福州任職。弱冠（guàn）：指男子二十歲左右的年齡。古人在該年齡行冠禮。⓳謁（yè）：拜見，進見。⓴吟哦（é）：吟詠，唸誦。㉑請：請問。故：緣故。㉒風雅：指《詩經》中的《國風》和《小雅》、《大雅》。鼓吹：雅樂中的鼓、鉦、簫、笳合奏樂。㉓賦：作詩。㉔何必：未必。㉕模寫：模仿。㉖同日語：同日而語。即相提並論的意思。㉗黃州：治所在今湖北黃岡。張耒在紹聖年間曾被謫為監黃州酒稅。三年後移復州，治所在今湖北天門。㉘扁舟：小舟。㉙謝：辭別，告別。㉚豁（huò）：開闊。㉛赤壁：即今湖北黃岡縣西北江濱之赤壁。山形截然如壁，而呈赤色，故名。㉜歷歷：分明貌。

的詩，未必比這篇差吧？」張耒說：「我平生極力模仿，只有一篇稍微與它相似，但還是不可同日而語。」於是吟誦他的《離黃州》詩，正巧跟杜甫的這篇同韻，詩說：「扁舟發孤城，揮手謝送者。山回地勢卷，天豁江面瀉。中流望赤壁，石腳插水下。昏昏煙霧嶺，歷歷漁樵舍。

居夷實三載㉝，鄰里通假借㉞。別之豈無情？老淚為一灑。篙工起鳴鼓，輕櫓健於馬㉟。聊為過江宿㊱，寂寂樊山夜㊲。」此其音響節奏㊳，固似之矣，讀之可默諭也㊴。又好誦東坡《梨花》絕句，所謂「梨花淡白柳深青，柳絮飛時花滿城。惆悵東欄一株雪㊵，人生看得幾清明」者。每吟一過，必擊節賞歎不已㊶，文潛蓋有省於此云㊷。

㉝居夷：即居平、平居。過平常人的生活。實：滿。㉞假：義同「借」。「鄰里通假借」指鄰居之間互相借東西，相處和睦。㉟櫓（lǔ）：外形似槳，但較大，支在船尾或船旁的櫓擔上，搖櫓推船前進，也可控制方向。㊱聊：姑且。㊲樊山：在湖北鄂城縣西五里。㊳音響節奏：指詩歌的韻律和節奏。㊴諭：明白，理會。㊵惆悵（chóu chàng）：因失意而鬱悶、哀傷。一株雪：指一樹像雪一樣的梨花。「惆悵東欄一株雪」是說惆悵鬱悶，因而撫憑東欄，見到一株似雪的梨花。清明：清明節。「人生看得幾清明」是說在清明節賞梨花、人生能有幾次。㊶擊節：擊打器物以點拍節。對別人詩文表示欣賞時，常有此動作。㊷蓋：大概。省（xǐng）：覺察、體悟。云：語氣詞。

居夷實三載，鄰里通假借。別之豈無情？老淚為一灑。篙工起鳴鼓，輕櫓健於馬。聊為過江宿，寂寂樊山夜。」這首詩的韻律和節奏，固已相似，讀了它心裏就明白。張耒又喜歡吟誦蘇東坡《梨花》絕句，即是「梨花淡白柳深青，柳絮飛時花滿城。惆悵東欄一株雪，人生看得幾清明」那首，每吟誦一遍，一定擊節歎賞不止，張耒當是對此有所省悟吧。

靖康時事（隨筆卷十六）

這也是洪邁的以古喻今之作，從蜀漢、後燕、後晉滅亡前的將士憂思奮戰，對北宋滅亡的舊事發出無限感慨。從這裏也體現出洪邁的愛國精神。

鄧艾伐蜀[1]，劉禪既降[2]，又敕姜維使降於鍾會[3]，將士咸怒[4]，拔刀斫石[5]。魏圍燕於中山既久[6]，城中將士皆思出戰，至數千人相率請於燕王，慕容隆言之尤力[7]，為慕容麟沮之而罷[8]。契丹伐晉連年[9]，晉拒之，每戰必勝。其後，杜重威陰謀欲降[10]，命將士出陳於外[11]，士皆踴躍[12]，以為出戰，既令解甲，士皆慟哭，聲振原野。予頃修《靖康實錄》[13]，竊痛一時之禍[14]，以堂堂大邦，中外之兵數十萬，曾不能北向發一矢，獲一胡，端坐都城，束手就斃！虎旅雲屯[15]，不聞有如蜀、燕、晉之憤哭者。近讀朱新仲詩集[16]，有《記昔行》一篇，正敍此時事，其中云：「老種憤死不得

鄧艾伐蜀，劉禪已經投降，又命令姜維向鍾會投降，將士皆怨怒，拔刀砍石。北魏圍後燕於中山已很久，城中將士都想出戰，以致幾千人相隨到後燕主那裏請求，慕容隆說得尤其懇切，被慕容麟阻止而作罷。契丹討伐後晉接連多年，後晉抵抗它，每次戰鬥都取得勝利。此後，杜重威暗地裏要投降，叫將士到城外列陣，士兵都踴躍，以為要出戰，既而命令他們卸甲，士兵都痛哭，聲震原野。我不久前編撰《靖康實錄》，私下裏為當時的禍事而感痛心。作為堂堂大國，

戰⑰，汝霖疽發何由痊⑱？」乃知忠義之士，世未嘗無之，特時運使然耳。

❶鄧艾：三國時魏國將領，公元263年，率軍偷渡陰平，直逼成都，致使蜀後主投降。❷劉禪：三國時蜀國後主，小字阿斗，降魏後，封為安樂公。❸姜維：蜀國將領，諸葛亮死後，他參掌朝政。公元263年，魏軍分兩路由鍾會、鄧艾率領，前來伐蜀，他阻鍾會於劍閣，後奉命降鍾會，又與鍾會一起被亂軍殺死。❹咸：都。❺斫（zhuó）：砍。❻「魏圍燕」句：魏、燕均為東晉後期的北方政權，史書分別稱為北魏（386—534）、後燕（384—407）。中山：為後燕首都，在今河北定州。後燕一開始就與北魏爭戰，後燕建立者慕容垂死後，魏軍大舉進攻，進而圍困中山。❼慕容隆：後燕宗族，封高陽王。❽慕容麟：為燕王慕容垂的兒子，封趙王。沮（jǔ）：阻止。❾契丹：指五代時由契丹族所建立的國家，後稱遼國（916—1125）。晉：指後晉（936—946）。為石敬瑭在契丹支持下建立的政權。後晉出帝石重貴繼位後，與契丹關係惡化，屢屢交戰。❿杜重威：五代時後晉大臣，石敬瑭妹婿。後晉出帝時，他統諸軍抵禦契丹，怯懦懼戰，開運三年（946）舉軍降契丹。⓫陳：列陣。⓬踴躍：跳躍。⓭靖康：宋欽宗趙桓年號（1126—1127）。實錄：即給某一位皇帝編的大事記。乾道二年（1166），洪邁奉命修《欽宗實錄》，乾道四年修成。⓮一時之禍：指靖康之變。靖康元年正月，金軍圍攻開封。宋交納金銀珠寶，並許割太原、中山、河間三鎮，金退兵。十一月，大股金兵又至，攻下了開封城，欽宗投降。⓯虎旅：指威武的軍隊。屯（tún）：聚集。⓰朱新仲：朱翌，字新仲，政和年間進士。紹興年間為中書舍人，因力主抗金，得罪秦檜，貶居韶州（治所在今廣東韶關）十九年。⓱老種（chóng）：種師道，北宋末抗金大將，靖康元年金兵南下，他領兵入援京師，金兵始退時，勸皇帝乘其渡河時擊之，後又力勸駐兵河南以防金人再犯，均不被採納，十月病死。⓲汝霖：宋澤，北宋末抗金大將，積憤成疾，疽發於背去世。疽（jū）：長在皮肉深處的惡瘡。痊（quán）：疾病消失。

中央和地方的兵士數十萬，竟然不能往北邊射出一支箭，抓獲一個胡人，卻是端坐都城，束手待斃！威武的軍隊如雲相集，沒聽說有像蜀國、後燕、後晉那樣令人憤怒痛哭的。近來讀朱新仲的詩集，有《記昔行》一篇，正是敘述這時的事，其中說：「老種憤死不得戰，汝霖疽發何由痊？」才知道忠義之士，世上不是沒有，只是時運使事情變成如此。

戒石銘（續筆卷一）

這一篇中，洪邁講寫作文章的方法。孟昶的原作有二十四句，宋太宗把它精簡成四句後反而詞簡理盡。足見文字不貴多而貴精。

「爾俸爾祿①，民膏民脂②。下民易虐③，上天難欺。」太宗皇帝書此④以賜郡國⑤，立於廳事之南⑥，謂之《戒石銘》⑦。按成都人景煥有《野人閑話》一書⑧，乾德三年所作⑨，其首篇《頒令箴》⑩，載蜀王孟昶為文頒諸邑云⑪：「朕念赤子⑫，旰食宵衣⑬。言之令長⑭，

❶俸（fèng）祿：官吏所得的薪水。❷膏：油脂。民膏民脂，指老百姓的血汗。❸虐：侵害。❹太宗皇帝：指北宋太宗趙光義。❺郡國：北宋地方行政區劃是：（1）路，（2）府、州、軍，（3）縣三級制，並無郡國。郡國是漢代的地方行政區劃，這裏用「郡國」只是地方行政區劃的泛稱。❻廳事：廳堂。為長官斷事之處。❼戒：勸誡，規誡。銘：碑文。❽景煥：一名樸，曾隱居江油匡山。《野人閑話》：記後蜀一朝遺事，原書五卷，今存一卷。❾乾德：宋太祖趙匡胤年號（963—968）。❿箴（zhēn）：勸告，規誡。⓫蜀：即後蜀，五代十國之一，其君主孟知祥初為後唐西川節度使、蜀王，公元 934 年稱帝，建都成都，國號蜀。孟昶（chǎng）：孟知祥第三子，於公元 934 年 7 月繼父位。其時地方官事務聚斂財物，政事不修，民無處申訴。廣政四年（941）便頒令箴於諸縣。⓬朕：皇帝自稱。赤子：指百姓。⓭旰（gàn）：晚。「旰食宵衣」是說天很晚才吃飯，天不亮又穿衣起身，形容勤於政事。⓮令長：指縣級行政長官，秦朝至南朝梁，大縣長官稱令，小縣稱長。

「爾俸爾祿，民膏民脂。下民易虐，上天難欺。」太宗皇帝寫下這些，把它賜給郡國，立在廳堂的南面，叫做《戒石銘》。按成都人景煥著有《野人閑話》一書，是乾德三年（965）所作，它的第一篇是《頒令箴》，記錄了蜀王孟昶作文頒發到各縣，說：「朕念赤子，旰食宵衣。言之令長，

撫養惠綏[15]。政存三異[16]，道在七絲[17]。驅雞為理[18]，留犢為規[19]。寬猛得所[20]，風俗可移。無令侵削，無使瘡痍[21]。下民易虐，上天難欺。賦輿是切[22]，軍國是資[23]。朕之賞罰[24]，固不踰時[25]。爾俸爾祿，民膏民脂。為民父母，莫不仁慈。勉爾為戒[26]，體朕深思[27]。」凡二十四句。昶區區愛民之心[28]，在五季諸僭偽之君為可稱也[29]。但語言皆不工，唯經表出者[30]，詞簡理盡，遂成王言，蓋詩家所謂奪胎換骨法也[31]。

撫養惠綏。政存三異，道在七絲。驅雞為理，留犢為規。寬猛得所，風俗可移。無令侵削，無使瘡痍。下民易虐，上天難欺。賦輿是切，軍國是資。朕之賞罰，固不踰時。爾俸爾祿，民膏民脂。為民父母，莫不仁慈。勉爾為戒，體朕深思。」總共二十四句。孟昶拳拳愛民之心，在五代僭偽君主中是值得稱道的，但語言不工，只是經太宗標舉出來的言簡意賅，便成為王者之言，這大概就是詩家所說的「奪胎換骨法」了。

⑮綏（suí）：安撫。⑯三異：三種奇異之事，指蟲不犯境，教化恩德及於鳥獸，豎子（兒童）有仁心。東漢時魯恭為中牟縣令時因政治清明，曾致此三異。⑰七絲：指七琴。「道在七絲」指以禮樂教化人民。⑱「驅雞為理」句：漢宣帝時，潁川太守黃霸為政寬和，重視教化，曾下令郵亭鄉官都畜養雞和豬，以供養孤寡貧窮者。⑲「留犢為規」句：漢宣帝時，渤海郡因年年饑荒，多有盜劫。龔遂被任命為渤海太守，他到郡不捕盜，勸民致力於農桑。民有帶持刀劍者，使賣刀劍買牛犢。黃霸、龔遂事均見《漢書・循吏傳》。⑳寬猛：指為政寬和與嚴厲。得所：處理得當。㉑瘡痍（yí）：創傷。㉒賦輿：本指兵車。「賦」在春秋時指按田賦多少服兵役，提供兵車。切：緊要。㉓是資：以此作為基礎、資本。㉔朕之賞罰：《十國春秋》引作「朕之爵賞」。㉕踰：超過。這兩句是叫地方官不要貪污挪用軍賦，說你們如不從中盤剝漁利，我自然會按時賞賜你們。㉖勉：勸勉。㉗體：體察，體味。㉘區區：猶「拳拳」。㉙五季：指五代時期。僭（jiàn）偽：封建史學家認為五代十國是非正統的，其稱皇帝被視為僭越行為。㉚表：標舉。㉛奪胎換骨法：江西詩派鼻祖黃庭堅創造的一種詩歌技法。所謂「奪胎」，即採用前人的詩意和造句格式而加以發展，使之更深刻化，從而創造新的意境。至於「換骨」，則是採用前人的詩意而用自己的語言重新表達，在語言藝術上超過前人。

唐詩無諱避（續筆卷二）

一個時代有一個時代的風氣。唐代是不興文字獄的，所以詩人以本朝的事情作題目，甚至寫點宮闈秘聞也無所謂。到宋代就不然了，詩寫得不合適有興文字獄的危險，洪邁對此深為感慨。

唐人歌詩，其於先世及當時事①，直辭詠寄②，略無避隱③。至宮禁嬖昵④，非外間所應知者，皆反覆極言⑤，而上之人亦不以為罪。如白樂天《長恨歌》、諷諫諸章⑥，元微之《連昌宮詞》⑦，始末皆為明皇而發⑧。杜子美尤多⑨，如《兵車行》⑩，前、後《出塞》⑪，

❶ 先世：指唐朝先前各代皇帝。❷ 詠寄：吟詠而有所寓意。❸ 略：絲毫。❹ 嬖（bì）昵：寵愛親昵。❺ 極言：儘量地講說。❻《長恨歌》：是一首長篇敘事詩，描繪唐玄宗和楊貴妃的故事。記二人縱情宮闈和貴妃死後玄宗的追念之情。諷諫諸章：指白居易的《秦中吟》、《新樂府》等。❼《連昌宮詞》：也是歌詠明皇與貴妃之事，但更多規誡諷喻之意。連昌宮：在河南宜陽之西，是離宮。❽ 明皇：唐玄宗諡號的簡稱。❾ 杜子美：杜甫，字子美。❿《兵車行》：行，是古詩的一種體裁。《兵車行》反映天寶年間對吐蕃的戰爭給勞動人民的家庭生活和農業生產帶來的慘痛後果。⓫《前出塞》共九首，寫於天寶十一載（752），主題與《兵車行》相同。《後出塞》寫於天寶十四載（755），共四首，前三首主題與《前出塞》同，第四首更指出了東北的安祿山勢力增大威脅國家。

唐人詩歌，對於先世及當時之事，用直率的言詞歌詠寄託，毫不回避隱諱。至於宮內皇帝與妃嬪寵愛親昵，非外間所應知之事，都反覆盡情講說，而上邊也不怪罪。如白居易《長恨歌》和諷諫各章，元稹《連昌宮詞》，整篇皆為明皇而寫。杜甫詩中此類尤其多，如《兵車行》，前、後《出塞》，

《新安吏》，《潼關吏》，《石壕吏》，《新婚別》，《垂老別》，《無家別》⑫，《哀王孫》⑬，《悲陳陶》⑭，《哀江頭》⑮，《麗人行》⑯，《悲青阪》⑰，《公孫舞劍器行》⑱，終篇皆是。其他波及者，五言如：「憶昨狼狽初⑲，事與古先別⑳。」「不聞夏殷衰，中自誅褒妲㉑。」「是時妃嬪戮㉒，連為糞土叢。」「中宵焚九廟㉓，雲漢為之紅㉔。」「先帝正好武㉕，寰海未凋枯㉖。」「拓境功未已㉗，元和辭大爐㉘。」「內人紅袖泣㉙，王子白衣行㉚。」「毀廟天飛雨㉛，焚宮火徹明㉜。」

⑫《新安吏》……《無家別》：這就是著名的「三吏三別」。肅宗乾元初，唐軍與安史叛軍在鄴城（今河南安陽）交戰失利，因兵員不足，便濫向民間徵發。杜甫由洛陽到華州（今陝西華縣）途中，身經目擊，便寫下這組詩篇。新安，在今河南新安東。潼關：在今陝西華陰東北。因關西有潼水，故名。石壕，鎮名。在河南陝縣東南。

⑬《哀王孫》：安祿山軍隊逼近長安時，唐玄宗倉皇出逃。一些皇孫輩也沒帶上，該

《新安吏》，《潼關吏》，《石壕吏》，《新婚別》，《垂老別》，《無家別》，《哀王孫》，《悲陳陶》，《哀江頭》，《麗人行》，《悲青阪》，《公孫舞劍器行》，整篇都是。其他詩篇涉及到的，五言詩如：「憶昨狼狽初，事與古先別。」「不聞夏殷衰，中自誅褒妲。」「是時妃嬪戮，連為糞土叢。」「中宵焚九廟，雲漢為之紅。」「先帝正好武，寰海未凋枯。」「拓境功未已，元和辭大爐。」「內人紅袖泣，王子白衣行。」「毀廟天飛雨，焚宮火徹明。」

篇即記長安中一落魄皇孫。⑭《悲陳陶》：肅宗時大臣房琯自請討伐安史叛軍，結果在陳陶澤（今陝西咸陽東）大敗，杜甫作此詩以悲悼之。⑮《哀江頭》：杜甫得知楊貴妃被絞死的消息後所寫的詩。⑯《麗人行》：該詩寫於天寶年間，記貴妃得寵時，楊家兄妹驕縱荒淫的生活。⑰《悲青阪（bǎn）》：房琯於陳陶澤大敗後，殘兵集結於青阪，玄宗又催其再戰，結果又一次慘敗，此詩悲悼陣亡將士。⑱《公孫舞劍器行》：即《觀公孫大娘弟子舞劍器行》詩。公孫大娘在玄宗時舞劍器渾脱，號稱無雙。安史之亂後，公孫大娘的弟子流落各地，杜甫在夔州（治所在今重慶奉節）見到一位，因感歎舊事，便寫了此篇。⑲「憶昨」等句：見於《北征》詩。狼狽：困頓窘迫貌。此指玄宗倉皇逃蜀的情景。⑳古先：上古三代。㉑褒：褒姒，是周幽王的寵妃，幽王后來廢黜申后而立她為王后。導致申后聯合曾、犬戎攻殺幽王，周室東遷。妲（dá）：商王紂的寵妃，傳説她妖媚、陰狠，助紂為虐。即指惑君亂政的寵妃。這兩句的意思是：夏商之所以衰落滅亡，是因為沒有殺掉惑君亂政的寵妃。倘若及早殺了，就不會有夏商的衰滅。杜甫以其事比貴妃。認為貴妃及同惡既被殺，則唐代應當中興。㉒「是時」句：這兩句及下邊兩句均見《往在》詩。該詩回憶了自安史之亂以來肅宗、代宗兩朝政事。這裏所引四句是回憶玄宗逃蜀、叛軍進長安時的情形。妃嬪（pín）：指皇帝的侍妾。這裏指楊貴妃。戮（lù）殺：被殺。㉓「中宵」句：在《往在》詩中，這兩句在「是時妃嬪戮，連為糞土叢」的前面。九廟：古時帝王立廟祭祀祖先，有太祖廟及三昭廟、三穆廟，共七廟。王莽增至九廟，以後歷朝沿襲。叛軍進長安時，燒唐朝九廟。㉔雲漢：天空。㉕「先帝」句：這四句詩見《遣懷》（昔我遊宋中）。先帝指唐玄宗，「正好武」指玄宗在天寶年間對少數民族的戰爭。㉖寰（huán）海：「寰」通「環」，寰海猶海內。「寰海未凋枯」是指當時正是盛唐時期，國家的物力、財力都很雄厚。㉗拓境：拓展領土。已：止。㉘元和：即元氣之靈和。辭：別，離開。大爐：指天地，大自然。這句是説天地間那種和諧安寧的狀態（由於不斷的戰爭）而不復存在了。㉙「內人」句：以下四句詩見《奉送郭中丞兼太僕卿充隴右節度使三十韻》。內人：唐代特指教坊的女伎藝人，《教坊記》説：「伎女入宜春院，謂之內人，亦曰前頭人，常在上前頭也。」㉚白衣行：改穿普通百姓的衣服以隱跡而行。㉛毀廟：指安祿山叛軍攻入長安，毀壞唐朝的太廟。天飛雨：上天也似乎在為唐悲泣。㉜徹：透，通。

「南內開元曲[33]，常時弟子傳[34]。法歌聲變轉[35]，滿座涕潺湲[36]。」「御氣雲樓敞[37]，含風彩仗高[38]。仙人張內樂[39]，王母獻宮桃[40]。」「須為下殿走[41]，不可好樓居[42]。」「固無牽白馬[43]，幾至著青衣[44]。」「奪馬悲公主[45]，登車泣貴嬪[46]。」「兵氣淩行在[47]，妖星下直廬。」「落日留王母[48]，微風倚少兒[49]。」「能畫毛延壽[50]，投壺郭舍人[51]。」「鬥雞初賜錦[52]，舞馬更登牀[53]。」

[33]「南內」句：此四句詩見《秋日夔府詠懷奉寄鄭監李賓客一百韻》。當時杜甫到夔州，依附當地小軍閥柏茂琳。這四句詩是記他赴柏茂琳的筵席時，在席上聽到當年玄宗的梨園弟子李仙奴唱起開元年間的曲子。南內：即興慶宮。[34]弟子：即梨園弟子。玄宗在開元年間設宜春院，選宮廷樂工、舞人三百和宮女百人到院中習歌舞，有時親加教正，號為梨園弟子。[35]法歌：即法曲。隋唐宮廷糅合西域民樂與中國傳統清商樂而製為法曲。[36]涕：淚。潺湲（chán yuán）：本指水緩流貌，這裏形容流淚貌。
[37]「御氣」句：這四句詩見《千秋節有感二首》的第二首。唐玄宗生辰為八月五日，

「南內開元曲，常時弟子傳。法歌聲變轉，滿座涕潺湲。」「御氣雲樓敞，含風彩仗高。仙人張內樂，王母獻宮桃。」「須為下殿走，不可好樓居。」「固無牽白馬，幾至著青衣。」「奪馬悲公主，登車泣貴嬪。」「兵氣淩行在，妖星下直廬。」「落日留王母，微風倚少兒。」「能畫毛延壽，投壺郭舍人。」「鬥雞初賜錦，舞馬更登牀。」

後羣臣相請，定此日為千秋節。該詩回憶當年千秋節的奢華，並寓樂極生悲之意。御氣：乘着雲氣。敞：寬敞。㊳彩仗：彩幡之類。㊴「仙人」句：《宣室志》説玄宗曾夢十餘位仙人乘御雲氣而下，傳教《紫雲曲》。《開元傳信記》則説是玄宗夢到上月宮而聞此曲，後傳教內宮。張：張設。內樂：宮中之樂。㊵王母：指「西王母」，本為上古神話人物，後傳為西方昆侖山上的女神仙。《漢武帝內傳》記西王母曾向漢武帝獻桃四顆。這裏用來比擬楊貴妃。㊶「須為」句：這兩句見《收京三首》之一。該詩以妖星比安祿山輩，俗諺説：「熒惑入南斗，天子下殿走。」即下殿奔走禳避妖星。㊷好（hào）樓居：《史記》載漢武帝時，方士公孫卿對帝説：仙人喜歡住在樓中。這裏以比玄宗與貴妃沉醉歌樓舞榭的情形。㊸「固無」句：這兩句詩見《傷春五首》之三，《傷春五首》是寫代宗在吐蕃攻陷長安，他匆忙逃往陝縣的事情。牽白馬：秦子嬰以白馬素車向劉邦投降。㊹著青衣：西晉懷帝為劉聰俘虜，劉聰叫他著青衣行酒。㊺「奪馬」句：這兩句詩見《傷春》五首之四。借用典故暗示代宗逃跑時不顧親族和妃嬪的情景。「奪馬」事本指東魏高歡在逃跑中遇到北鄉長公主帶着三百匹馬，於是全部奪了過來。㊻「登車」句：東晉叛臣蘇峻逼成帝遷於石頭城，帝與妃嬪別，哭着登車。㊼「兵氣」句：這兩句詩見《贈李八祕書別三十韻》。這兩句詩是寫肅宗剛即位時的情景。行在：指皇帝駕臨之地，這裏指靈武，當時肅宗在此即位。直廬：指皇帝侍從官員當值的屋子。㊽「落日」句：這兩句詩見《宿昔》，追敍玄宗當年宮內荒逸享樂之事。「落日留王母」，仍以漢武帝與西王母事比玄宗與貴妃。㊾少兒：指衛子夫的姐姐衛少兒。衛子夫後來被漢武帝選入宮中，不久立為皇后。此處暗以衛子夫比楊貴妃，而以少兒比貴妃的姐姐號國夫人、秦國夫人等。當年玄宗與她們姐妹在宮中尋歡作樂。㊿「能畫」句：這兩句見《能畫》詩。該詩記當年玄宗攏集一些善書畫、遊藝、雜技的人員，以供消遣。毛延壽：漢武帝時畫工，杜陵人，繪畫逼真。51投壺：古代一種遊戲，在一定距離外將矢投入壺中。郭舍人：武帝時倡優，傳説他投壺時矢入壺後又能蹦回。毛延壽、郭舍人均以比玄宗宮內善此類技藝的人。52「鬥雞」句：這二句見《鬥雞》詩。玄宗曾在宮殿間立雞坊，養鬥雞，起鬥雞殿，賜錦帛給鬥雞小兒。53「舞馬」句：據《明登雜錄》記，玄宗訓練了一批會舞蹈的馬匹，音樂一響，馬匹應節起舞。

「驪山絕望幸[54]，花萼罷登臨[55]。」「殿瓦鴛鴦坼[56]，宮簾翡翠虛[57]。」七言如：「關中小兒壞紀綱[58]，張后不樂上為忙[59]。」「天子不在咸陽宮[60]，得不哀痛塵再蒙[61]！」「曾貌先帝照夜白[62]，龍池十日飛霹靂[63]。」「要路何日罷長戟[64]，戰自青羌連白蠻[65]。」「豈謂盡煩回紇馬[66]，翻然遠救朔方兵[67]。」如此之類，不能悉書。此下如張祜賦《連昌宮》[68]，《元日仗》[69]，《千秋樂》[70]，《大酺樂》[71]，《十五夜燈》[72]，《熱戲樂》[73]，

54「驪山」句：這二句見《驪山》詩。每年十月，玄宗必至驪山華清宮，宮內有溫泉，楊貴妃常在此沐浴。幸：皇帝到來叫幸。 55 花萼（è）：樓名，在興慶宮西南，玄宗登此樓召集他的兄弟宴樂。 56「殿瓦」句：這兩句詩見《秋月石首薛明府辭滿告別三十

「驪山絕望幸，花萼罷登臨。」「殿瓦鴛鴦坼，宮簾翡翠虛。」七言詩如：「關中小兒壞紀綱，張后不樂上為忙。」「天子不在咸陽宮，得不哀痛塵再蒙！」「曾貌先帝照夜白，龍池十日飛霹靂。」「要路何日罷長戟，戰自青羌連白蠻。」「豈謂盡煩回紇馬，翻然遠救朔方兵。」像這一類的詩句還很多，不能統統寫出來。此後如張祜作《連昌宮》、《元日仗》、《千秋樂》、《大酺樂》、《十五夜燈》、《熱戲樂》、

韻》。坼（chè）：分裂，裂開。相傳魏文帝曹丕曾夢殿屋兩瓦墜地化做鴛鴦，結果後宮有人暴死，這裏用此典故象徵楊貴妃被殺事。(57)宮簾翡翠：指宮內綴以翡翠的簾子。(58)「關中」句：這兩句詩見《憶昔二首》之一。寫肅宗任用宦官，並且縱容張皇后亂政。關中小兒：指宦官李輔國。他本是閒廄馬家少兒，早年被閹。安史之亂期間，因助肅宗即位而得信任，被委以重任，專權於朝廷。(59)張后：即肅宗皇后張氏。安史之亂時，張氏多方幫護肅宗，肅宗即位後，她干預朝政，肅宗無可奈何。(60)「天子」句：這兩句是從《冬狩行》中摘取的。天子不在咸陽宮，指吐蕃攻陷長安時，代宗逃往陝縣。(61)得不哀痛塵再蒙：意思是安祿山攻陷長安時，玄宗已蒙難逃往四川，現在代宗又遇吐蕃之禍，逃亡在外，蒙受風塵。(62)「曾貌」句：這兩句見《韋諷錄事宅觀曹將軍霸畫馬圖》。貌：摹繪。照夜白：玄宗的名馬。(63)龍池：玄宗還是藩王時所居宅第的水池。宅第後改為興慶宮，稱此池為龍池。霹靂：急雷。相傳照夜白是真龍化身，其真形既經繪於圖上，因感應龍池之龍，故「十日飛霹靂」。(64)「要路」句：這兩句見《秋風二首》之一。要路：指成都與吳、楚之間的水陸交通。唐代宗廣德、永泰年間，由於吐蕃與黨項羌、渾、奴刺等部入寇，這一要路被阻塞。罷長戟：指沒有戰爭。(65)青羌：漢置青衣縣，其地即原青衣羌國。而青衣縣當在唐代的嘉州（今四川樂山市），該州有青衣水，為青羌聚居之地。白蠻：即兩爨蠻之一部。《文獻通考·四裔七》說：「兩爨蠻自曲州（治雲南昭通）、靖州（湖南靖縣）、西南昆川、曲軛、晉寧、喻獻、安寧、距龍、和城通謂之西爨白蠻。」(66)「豈謂」句：這兩句詩見《諸將》五首之二。回紇（hé）：少數民族回紇，於唐代天寶初年在今鄂爾渾河流域建立政權。至德二年（757）回紇曾出兵與唐將郭子儀大軍一起收復長安、洛陽等失地。(67)朔方：唐方鎮名，治所在靈州（今寧夏寧武西南）。當時朔方節度使郭子儀以此平亂。翻然：即幡然，形容轉變得很快。唐朝跟回紇一直處於敵對狀態，故回紇出兵助唐實出意外。(68)張祜：與元稹、白居易同時的詩人，以宮詞得名。《連昌宮》：講玄宗幸蜀、貴妃被殺。(69)《元日仗》：講唐玄宗在含元殿接見文武官員事。(70)《千秋樂》：講唐玄宗在花萼樓前大設雜技慶賀千秋節事。(71)《大酺（pú）樂》：共二首。(72)《十五夜燈》：講元宵夜長安張燈及宮內歌舞之盛況。(73)《熱戲樂》：講唐玄宗與寧王李憲觀看雜戲的情景。熱戲：唐代百戲名。由兩戲同時演出，相互競爭以定優劣。

《上巳樂》[74]，《邠王小管》[75]，《李謨笛》[76]，《退宮人》[77]，《玉環琵琶》[78]，《春鶯囀》[79]，《寧哥來》[80]，《容兒鉢頭》[81]，《邠娘羯鼓》[82]，《耍娘歌》[83]，《悖拏兒舞》[84]，《華清宮》[85]，《長門怨》[86]，《集靈台》[87]，《阿㒀湯》[88]，《馬嵬歸》[89]，《香囊子》[90]，《散花樓》[91]，《雨霖鈴》等三十篇[92]，大抵詠開元、天寶間事。李義山《華清宮》、《馬嵬》、《驪山》、《龍池》諸詩亦然[93]。今之詩人不敢爾也[94]！

《上巳樂》、《邠王小管》、《李謨笛》、《退宮人》、《玉環琵琶》、《春鶯囀》、《寧哥來》、《容兒鉢頭》、《邠娘羯鼓》、《耍娘歌》、《悖拏兒舞》、《華清宮》、《長門怨》、《集靈台》、《阿㒀湯》、《馬嵬歸》、《香囊子》、《散花樓》、《雨霖鈴》等三十篇，大抵都是歌詠開元、天寶間的事情。李商隱的《華清宮》、《馬嵬》、《驪山》、《龍池》等詩也是這樣。今天的詩人不敢這樣啊！

❼《上巳樂》：上巳，節日名，古以陰曆三月上旬巳日為「上巳」。該詩講上巳日玄宗在宮中大張雜技百藝、六宮紅袖競相起舞之盛況。❼《邠（bīn）王小管》：講玄宗與虢國夫人、韓國夫人在宜春院幽會之事。大酺：即遇喜慶時皇帝特賜准許百姓大聚飲，該詩講玄宗時洛陽大三日的熱鬧情景。⑯《李謨笛》：講玄宗在東京洛陽的行宮內通宵奏樂，民間藝人李謨偷學其曲，而在酒樓翻作新聲之事。⑰《退宮人》：共二首，講一歌喉漸衰的宮人被玄宗遣歸，及該宮人述開元年間玄宗擺宴承天門，向樓下百官大撒金錢之事。⑱《玉環琵琶》：講玄宗撥玉環琵琶而憶貴妃之事。⑲《春鶯囀》：講楊貴妃在興慶宮賞梅歌舞之事。⑳《寧哥來》：講楊貴妃與寧王李憲之事。㉑《容兒鉢頭》：講千秋節時雜技百戲的盛況。㉒《邠娘羯（jié）鼓》：記梨園弟子邠娘擊羯鼓之事。羯鼓：由西域傳入。盛行於開元、天寶年間，其制像漆桶，下用小牙牀支承，擊鼓者用兩杖擊打。㉓《耍娘歌》：講雪夜玄宗與貴妃至宜春院喚耍娘唱歌事，耍娘為梨園弟子。㉔《悖拏（bèi nú）兒舞》：悖拏兒，本為宮女名，後借為曲調名。此詩講玄宗觀看宮女隨該曲調起舞之事。㉕《華清宮》：共四首。憑弔宮門深鎖的華清宮，追憶當年樂舞之盛。㉖《長門怨》：講宮中妃嬪因冷落而生怨的情景。㉗《集靈台》：共二首，其一記玄宗受道教符籙以求長生之事，其一寫虢國夫人朝見玄宗之事。㉘《阿鳵湯》：鳵（bǎo），同「鸨」。形似雁，而體大，肉可供食用。阿鳵湯就是用鳵熬的湯。該詩講楊貴妃在長生殿等候玄宗時，偷尋阿鳵湯之事。㉙《馬嵬歸》：馬嵬坡，在陝西興平西。玄宗逃蜀時，將士逼玄宗殺楊貴妃於此。這首詩講玄宗回京城路過此地時的傷心情景。㉚《香囊子》：今本題作《太真香囊子》，是歌詠楊貴妃當年用過之香囊的詩。㉛《散花樓》：講玄宗在蜀日懷念死去的楊貴妃。㉜《雨霖鈴》：講玄宗從成都回長安後，見昔日與貴妃所定曲目，而忍淚以教梨園弟子。㉝李義山：唐詩人李商隱，字義山，開成進士，因受「牛李黨爭」影響，遭受排擠，一生困頓失意，其詩歌構思縝密，音調和諧，尤以七言律詩見長。《華清宮》、《馬嵬》、《驪山》等詩主題與前舉張祜詩同，不過語言更工整。《馬嵬》二首，第二首為七律，描寫玄宗不能保護寵妃的無奈。《驪山》詩今本題《驪山有感》。《龍池》記玄宗在興慶宮旁龍池與其兩個哥哥飲酒同樂之事。㉞爾：如此。

栽松詩（續筆卷三）

洪邁從白居易的《栽松詩》聯想到自己栽松的經驗，四十七歲栽下，過了二十年就成林，其中也寄寓了光陰易逝的感慨。

白樂天《栽松詩》云①：「小松未盈尺，心愛手自移。蒼然澗底色②，雲濕煙霏霏③。栽植我年晚，長成君性遲④。如何過四十⑤，種此數寸枝？得見成陰否⑥？人生七十稀。」予治圃於鄉里⑦，乾道己丑歲⑧，正年四十七矣。自伯兄山居手移穉松數十本⑨，其高僅四五寸，植之雲壑石上⑩，擁土以為固⑪，不能保其必活也。過二十年，蔚然成林⑫，皆有干霄之勢⑬。偶閱白公集，感而書之。

❶白樂天《栽松詩》：元和六年（811）白居易四十歲時，母親去世，他辭官守孝，住在渭村。《栽松詩》即作於此時。❷蒼然：碧綠的樣子。❸煙：像煙一樣瀰漫空中的雲氣。霏霏（fēi）：形容煙霧之密。❹君：指松苗。❺如何：為甚麼。❻得：能夠。❼予：我。圃（pū）：園子。鄉里：故鄉，家鄉。❽乾道己丑歲：即乾道五年（1169）。次年洪邁出任贛州知州，移松當在此時。❾伯兄：大哥。洪邁的大哥是洪适（kuò），洪适在孝宗初年甚得器重，乾道元年，由執政升至宰相，但不久即罷職，退居鄉里。山居：山中別墅。穉松：幼松。本：棵。❿雲壑：指高巔之下的深谷。⓫擁土：圍土。⓬蔚（wèi）然：茂盛貌。⓭干（gān）：沖犯。干霄：指直沖雲霄。

白居易《栽松詩》說：「小松未盈尺，心愛手自移。蒼然澗底色，雲濕煙霏霏。栽植我年晚，長成君性遲。如何過四十，種此數寸枝？得見成陰否？人生七十稀。」我在故鄉修治園子，是乾道己丑年，當時正四十七歲。從大哥山中別墅移來幾十棵幼松，只有四五寸高，我把它們栽到深谷的石縫中，培上土加固，不能保證它一定成活。過了二十年，它卻蔚然成林，皆有直沖雲霄的勢頭。偶爾翻閱白公的集子，有所感觸而把這事寫下來。

鄭權（續筆卷四）

古人為應酬而作的文字，往往多説好話而欠真實。洪邁以這個鄭權為例，從《舊唐書》上找到此人不止一處的貪邪劣跡，而韓愈所作詩序卻説他「功德可稱道」，足見此類文字之不足憑信。

唐穆宗時[1]，以工部尚書鄭權為嶺南節度使[2]，卿大夫相率為詩送之[3]。韓文公作序[4]，言：「權功德可稱道，家屬百人，無數畝之宅[5]，僦屋以居[6]，可謂貴而能貧，為仁者不富之效也[7]。」《舊唐史・權傳》云：「權在京師，以家人數多，奉入不足[8]，求為鎮[9]，有中人之助[10]，南海多珍貨[11]，權頗積聚以遺之[12]，大為朝士所嗤[13]。」

❶唐穆宗：公元821—824年在位。❷鄭權：進士及第後為涇原節度使佐官，後因善治軍，累遷至山南東道節度使，長慶元年（821）遷工部尚書。❸卿大夫：泛指朝廷官員。相率：一個接一個。❹序：給送別詩作序。韓愈集中有《送鄭權尚書序》，即此文所指。❺宅：住宅。❻僦（jiù）：租賃。❼仁：仁德。效：徵驗，證明。❽奉：通「俸」，薪水。❾鎮：安史之亂後，邊地、內地設節度使，統轄一方軍事及行政，稱方鎮。節鎮，這裏的「鎮」也即指節度使。❿中人：宦官。⓫南海：郡名，即廣州。由南中國海來華的滿載香藥、珠璣、象牙、犀革等珍寶的外國商船多停泊廣州。⓬遺（wèi）：贈送。⓭朝士：朝中士大夫，朝中官員。嗤（chī）：譏笑。

唐穆宗時，將工部尚書鄭權任命為嶺南節度使，朝廷官員紛紛作詩為他送行。韓愈寫了一篇序，說：「鄭權功德值得稱道，家屬百人，沒有幾畝的宅地，租賃房子來居住，可說是貴而能貧，為仁者不富的證明。」可《舊唐書・鄭權傳》說：「鄭權在京城，因家眷人數太多，官俸收入不夠用，請求任節鎮，得到過宦官的幫助。南海珍貨很多，鄭權搜刮了來送給宦官，大為朝士所譏笑。」

又《薛廷老傳》云[14]：「鄭權因鄭注得廣州節度[15]，權至鎮，盡以公家珍寶赴京師[16]，以酬恩地[17]。廷老以右拾遺上疏[18]，請按權罪[19]，中人由是切齒[20]。」然則其為人，乃貪邪之士爾！韓公以為仁者何邪[21]？

[14] 薛廷老：敬宗寶曆中為右拾遺，常直言諫諍，出為縣令，文宗時又任殿中侍御史。[15] 因：憑藉。鄭注：文宗朝大臣，最初得宦官信任，後謀誅宦官，在「甘露之變」中被殺。[16]「盡以公家珍寶」句：唐政府按一定比例從外國商人所運貨物抽取一部分以作為商稅。鄭權所得當即此類實物。[17] 酬：報答。[18] 右拾遺：唐代諫官之一，隸屬於中書省。疏：奏章。[19] 按：按驗查辦。[20] 切齒：痛恨。[21] 邪（yé）：句末疑問語氣詞。

又《薛廷老傳》說：「鄭權憑鄭注的關係得到廣州節度使，鄭權到了鎮上，把公家的珍寶都送到京城，用來酬報恩情。廷老以右拾遺上奏，請求查辦鄭權的罪，宦官由此對廷老切齒痛恨。」這樣看來，鄭權是貪邪之士啊！韓愈為甚麼把他當做仁者呢？

台城少城（續筆卷五）

有些名稱本是通稱，卻被後人誤認為是某地的專稱，洪邁列舉的台城、少城都是這種情況。從此處可看到洪邁讀書的精審不苟。

晉宋間，謂朝廷禁省為台，故稱禁城為台城，官軍為台軍，使者為台使，卿士為台官，法令為台格，需科則曰「台有求須」①，調發則曰「台所遣兵」②。劉夢得賦《金陵五詠》③，故有《台城》一篇。今人於它處指言建康為台城④，則非也。晉益州刺史治大城⑤，蜀郡太守治少城⑥，皆在成都，猶云大城、小城耳。杜子美在蜀日⑦，賦詩故有「東望少城」之句⑧，今人於它處指成都為少城，則非也。

❶科：課取，徵取。求須：求需，需求。❷調發：指調發軍隊。❸劉夢得：唐文學家劉禹錫，字夢得。❹建康：即金陵，宋代叫建康府。當時人們已漸把「台城」當做該處專名。❺益州：西晉轄境約當今四川，統轄八郡，蜀郡為其中之一，治所在今四川成都。大城：相傳戰國時張儀所築。❻少城：在大城之西，只有西、南、北三面城牆，其東牆即大城之西牆。相傳亦為張儀所築。❼「杜子美」句：至德三年（758年）杜甫由左拾遺貶為華州參軍。不久棄官入蜀，定居成都。❽「東望少城」之句：該句全文為「東望少城花滿煙」。見《江畔獨步尋花七絕句》之四。

晉、宋之際，人們把朝廷禁省叫做台，所以稱禁城為台城，官軍為台軍，朝廷使臣為台使，卿士為台官，法令為台格，稱需求課取之事則說「台有求須」，稱調發軍隊則說「台所遣兵」。劉禹錫作《金陵五詠》，就有《台城》一篇。今人在別的地方指稱建康為台城，就不對了。晉益州刺史在大城設官署，蜀郡太守在少城設官署，都在成都，好比說大城、小城罷了。杜甫在蜀的日子，作詩所以有「東望少城」的句子，今人在別的地方指稱成都為少城，就不對了。

文字潤筆（續筆卷六）

唐人撰寫碑誌多收取人家的報酬，報酬還往往極其豐厚。到宋代仍是如此。洪邁對此是很不滿的，他在這裏歌頌了蕭俛、韋純、白居易、柳玭、蘇軾、曾肇等人的不隨便撰寫碑誌、不輕易接受報酬的好品德。

作文受謝，自晉、宋以來有之，至唐始盛。《李邕傳》①：「邕尤長碑頌，中朝衣冠及天下寺觀②，多齎持金帛③，往求其文。前後所製，凡數百首，受納饋遺④，亦至巨萬。時議以為自古鬻文獲財⑤，未有如邕者。」故杜詩云⑥：「干謁滿其門⑦，碑版照四裔⑧。豐屋珊瑚鉤⑨，騏驎織成罽⑩。紫騮隨劍几⑪，義取無虛歲⑫。」又有《送斛斯六官》詩云⑬：「故人南郡去⑭，去索作碑錢。本賣文為活，翻令室倒懸⑮。」蓋笑之也。韓愈撰《平淮西碑》⑯，憲宗以石本賜韓宏⑰，宏寄絹五百匹。作《王用碑》⑱，用男寄鞍馬并白玉帶。劉叉持愈金數斤去⑲，曰：「此諛墓中人得耳⑳，不若與

寫文章而接受酬償，晉、宋以來就有，到唐朝才盛行起來。《李邕傳》說：「李邕尤其擅長撰寫碑頌，朝廷中的官員及天下寺觀，往往拿着金錢絹帛，前去求他做文章。先後所撰作的有數百篇，接收別人所送禮物，也數至巨萬。當時輿論認為，自古以來賣文章得錢財，沒人能做到像李邕這樣的。」所以杜甫詩中說：「干謁滿其門，碑版照四裔。豐屋珊瑚鉤，騏驎織成罽。紫騮隨劍几，義取無虛歲。」又有《送斛斯六官》詩說：「故人南郡去，去索作碑錢；本賣文為活，翻令室倒

劉君為壽。」愈不能止。劉禹錫祭愈文云：

❶李邕（yōng）：唐代書法家、文學家。❷衣冠：官員。觀（guàn）：道教的廟宇。❸齎（jī）：持物贈人。帛（bó）：絲織品的總稱。❹饋遺（kuì wèi）：贈送的東西。❺鬻（yù）：賣。❻見杜甫《八哀詩》之五《贈祕書監江夏李公邕》。❼干謁（gān yè）：請求。❽裔：邊遠的地方。❾豐屋：大屋。珊瑚鉤：本是所謂瑞應之物，這裏指華麗的飾物。❿騏驎（qí lín）：即麒麟。傳說中的一種身似鹿，有獨角且渾身披鱗的動物，為吉祥的象徵。罽（jì）：一種毛織品。這裏指罽上織成騏。⓫紫騮（liú）：良馬名。劍：古人有佩劍的習慣。几：唐人仍有跪坐習慣，前面放個几案以供憑依。⓬義取：合理的收入。無虛歲：沒有無收入之時。⓭斛斯六：杜甫酒友，為校書郎。該篇杜詩題為《聞斛斯六官未歸》。⓮南郡：治所在今湖北江陵。⓯室倒懸：對窮得一無所有的誇張說法。⓰淮西：唐藩鎮名。治所在蔡州（今河南汝南）。元和年間，吳元濟自任節度使，對抗中央。憲宗調集兵馬進討。元和十二年（817）平定，韓愈奉命作碑記功。⓱石本：石刻的拓（tà）本。韓宏：本為韓弘，後因避諱改「弘」為「宏」。宣武（治所在今河南開封）節度使，憲宗用兵淮西時他曾是統帥。⓲王用：唐順宗皇后（憲宗時為莊憲太后）的兄弟，封太原郡公。⓳劉叉：事見李商隱《李義山文集齊魯二生》。本為市井之徒，流亡齊魯時始讀書，能作詩歌，性直好爭，常面揭人短。⓴諛（yú）：奉承，討好。

懸。」這是嘲笑他的。韓愈作《平淮西碑》，唐憲宗把拓本賜給韓宏，韓宏送絹五百匹。作《王用碑》，王用的兒子送了鞍馬和白玉帶。劉叉拿走韓愈好幾斤金子，說：「這是靠阿諛墳墓中的人而得到的，不如給劉君做壽。」韓愈不能阻止。劉禹錫祭韓愈的文章說：

「公鼎侯碑㉑，志隧表阡㉒；一字之價，輦金如山㉓。」皇甫湜為裴度作《福先寺碑》㉔，度贈以車馬繒彩甚厚，湜大怒曰：「碑三千字，字三縑㉕，何遇我薄邪？」度笑，酬以絹九千匹。穆宗詔蕭俛撰《成德王士真碑》㉖，俛辭曰：「王承宗事無可書㉗。又撰進之後，例得貺遺㉘，若黽勉受之㉙，則非平生之志。」帝從其請。文宗時，長安中爭為碑誌，若市買然。大官卒，其門如市，至有喧競爭致，不由喪家。裴均之子㉚，持萬縑詣韋貫之求銘㉛，貫之曰：「吾寧餓死，豈忍為此哉！」白居易《修香山寺記》曰：「予與元微之定交於生死之間，微之將薨㉜，以墓誌文見託，既而元氏

「公鼎侯碑，志隧表阡；一字之價，輦金如山。」皇甫湜為裴度作《福先寺碑》，裴度送給他非常豐厚的車馬、絹帛，湜大發脾氣說：「碑文三千字，一個字應當值得上三匹縑，為甚麼待我這麼不厚道呢？」裴度笑着拿九千匹絹酬答他。唐穆宗命令蕭俛撰寫《成德王士真碑》，蕭俛推辭說：「王承宗的事情沒有甚麼值得書寫的。而且寫成進獻後，按慣例要得到贈禮，如果勉強接受，就不符合平生的志願。」皇帝聽從了他的請求。唐文宗時，長安城中爭着作碑誌，好像做買賣一

之老㉝，狀其臧獲、輿馬、綾帛洎銀鞍、玉帶之物㉞，價當六七十萬，為謝文之贄㉟。予念平生分，贄不當納，往返再三，訖不得已㊱，

㉑鼎（dǐng）：古代貴族用作禮器，上面常銘刻歌功頌德的文字。公、侯：本為古代五等爵的一、二等，此處指達官貴人。唐人已不鑄鼎了，公鼎侯碑只是指達官貴人的碑。㉒志隧（suì）：隧是墓裏的墓道，志隧是為放進墓道的墓誌撰文。阡（qiān）：墳墓，表阡是指寫墓碑、神道碑。㉓輦（niǎn）：用車載運。㉔皇甫湜（shí）：唐文學家，曾被裴度徵召為判官。福先寺：在洛陽。裴度：元和十年（814）任宰相。十二年督師平淮西，以後幾度出為節度使。他曾用皇帝賞討淮西功所賜金錢修復福先寺。㉕縑（jiān）：雙絲織成的細絹。㉖蕭俛（fǔ）：穆宗時由翰林學士任宰相。成德：唐藩鎮名，治所在恒州（今河北正定）。王武俊曾為該鎮節度使，一度叛唐自立，後歸順。王士真即王武俊子，繼其父為節度使。㉗王承宗：王士真長子。為節度使。初違抗朝廷，憲宗平定淮西後，始歸順。㉘貺（kuàng）：賜予，賞賜。㉙黽（mǐn）勉：勉強。㉚裴均：元和中為宰相，荒縱無法度。㉛韋貫之：名韋純，字貫之，憲宗時曾任宰相，為人方正自守。㉜薨（hōng）：高級官員死亡稱薨。㉝老：春秋時大夫的家臣稱老，這裏指主持元稹家務的人。㉞狀：具，具陳。臧（zāng）獲：奴婢。輿（yú）：車。綾（líng）：一種極薄而有彩紋的織物。洎（jì）：及，與。㉟贄（zhì）：古人初次進見時所拿的禮物。謝文之贄就是指潤筆。㊱訖（qì）：終，最後。

樣。大官死了，他的門庭就像市集，以致有大聲爭吵，不由死者家裏來決定。裴均的兒子，帶着萬匹縑絹去到韋貫之那裏，請他為自己的父親作墓誌，貫之說：「我寧可餓死，哪裏忍心做這種事！」白居易《修香山寺記》說：「我跟元微之結下了生死友情，微之將要去世，把寫墓誌的事託付給我，事後元氏的家老，開列奴婢、車馬、綾帛及銀鞍、玉帶之類的東西，價值相當六七十萬，作為酬償墓誌的禮物。我念及平生情分，禮物是不應當收受的，來回推辭再三，最後不得已，

回施茲寺。凡此利益功德[37]，應歸微之。」柳玭善書[38]，自御史大夫貶瀘州刺史[39]，東川節度使顧彥暉請書德政碑[40]。玭曰：「若以潤筆為贈[41]，即不敢從命。」本朝此風猶存，唯蘇坡公於天下未嘗銘墓，獨銘五人，皆盛德故，謂富韓公、司馬溫公、趙清獻公、范蜀公、張文定公也[42]。此外，趙康靖公、滕元發二銘[43]，乃代文定所為者。在翰林日，詔撰同知樞密院趙瞻神道碑[44]，亦辭不作。曾子開與彭器資為執友[45]，彭之亡，曾公作銘，彭之子以金帶縑帛為謝，卻之至再[46]，曰：「此文本以盡朋友之義，若以貨見投，非足下所以事父執之道也。」彭子皇懼而止[47]。此帖今藏其家。

就把它施捨到這個佛寺。凡因此而積下的功德善因，應當歸於微之。」柳玭擅長書法，從御史大夫貶官為瀘州刺史，東川節度使顧彥暉請他書寫德政碑，柳玭說：「如果拿潤筆作為贈禮，就不敢遵命。」我朝這種風氣還存在，只有蘇東坡不曾為世人銘墓，只為五個人寫過，都是因為他們有盛德的緣故，他們是富韓公、司馬溫公、趙清獻公、范蜀公、張文定公。此外，趙康靖公、滕元發二銘，是代替張文定公所寫的。在翰林院時，皇帝命令他撰寫同知樞密院事趙瞻神道碑，也回絕不作。曾子開跟彭器資為摯友，彭器資死後，曾公作墓銘，彭器資的兒子拿金帶縑帛作為酬謝，曾子開一再推辭，說：「寫這篇文字本是出於朋友的情分，如果拿財禮贈送給我，不是你用來奉侍你父親摯友的辦法。」彭器資的兒子感到惶恐，就不再堅持了。這張書帖如今收藏在他家裏。

㊲利益：即「功德」，指因唸佛、誦經、佈施諸事而積下的善因。㊳柳玭（pín）：著名書法家柳公權是其叔祖。文德元年（888）任御史大夫。㊴瀘州：約相當今四川瀘州及附近區域。㊵東川節度使：治所在梓州（今四川三台），瀘州在其管轄範圍內。德政碑：舊時頌揚官吏政績的碑刻。㊶潤筆：酬謝別人寫作、文字、書畫的財物。㊷富韓公：富弼。北宋仁宗時一度主持防禦遼國之事。至和二年（1055）為宰相。神宗時辭官。後封韓國公。司馬溫公：司馬光，死後追封溫國公。趙清獻公：趙抃，死後謚清獻。范蜀公：范鎮，封蜀郡公。張文定公：即張方平。死後謚文定。㊸趙康靖公：趙槩，今屬河南人，字叔平。嘉祐年間曾為參知政事。死後謚康靖。滕元發：哲宗時，為真定、太原知府，治邊有方。銘：墓誌銘。㊹同知樞密院：樞密院為宋代最高軍事機關，同知樞密院事為樞密院副長官。趙瞻：哲宗元祐四年（1089）為同知樞密院事。㊺曾子開：曾肇，字子開，曾鞏之弟。英宗治平年間進士。在朝長期擔任史職。彭器資：彭汝礪，字器資。哲宗時官至吏部尚書。執友：即摯友。㊻卻：推辭。㊼皇懼：即惶懼，惶恐。

遷固用疑字（續筆卷七）

《史記》、《漢書》裏的用字常有其特殊意義，這裏列舉「若」、「云」、「焉」、「蓋」等字有疑義，可見洪邁讀書的精細，這對後人讀《史記》、《漢書》也很有幫助。

東坡作《趙德麟字說》云①：「漢武帝獲白麟②，司馬遷、班固書曰③：『獲一角獸，蓋麟云④。』『蓋』之為言，疑之也。」予觀《史》、《漢》所紀事，凡致疑者⑤，或曰「若」⑥，或曰「云」⑦，或曰「焉」⑧，或曰「蓋」⑨，其語舒緩含深意，

❶《趙德麟字說》：趙令畤是宋太祖次子趙德昭的玄孫，有才行，與蘇軾交遊甚密，德麟是他的字。蘇軾此文即闡說他為甚麼以此為字，文中說到漢武帝獲麟之事。❷「漢武帝」句：元狩元年（前 122），武帝在郊祀時捕得一角獸，大臣都認為是麒麟。相傳麒麟狀如鹿，只有一角，在天下太平時才出現。《史記》只說武帝獲麟，《漢書・武帝紀》和《終軍傳》說是白麟。❸司馬遷：西漢史學家，《史記》作者。班固：東漢史學家，《漢書》作者。❹「獲一角獸」二句：見於《史記・孝武本紀》、《封禪書》及《漢書・郊祀志上》。❺致疑：對某件事的真實性有所懷疑。❻若：好像。❼云：句末語氣助詞。用在陳述句後，可緩和其肯定語氣，特別是與「蓋」、「若」等傳疑之詞配合使用時，效果更強。❽焉：句末語助詞，同「云」。❾蓋：大概。

蘇東坡作《趙德麟字說》說：「漢武帝捕得白麟，司馬遷、班固寫道：『獲一角獸，蓋麟云。』用『蓋』這個字，是表示對此有懷疑。」我看了《史記》、《漢書》中所記的事情，凡是存疑的地方，或說「若」，或說「云」，或說「焉」，或說「蓋」，這些詞語舒緩而含有深意，

姑以《封禪書》、《郊祀志》考之⑩，漫記于此⑪。雍州好畤⑫，自古「諸神祠皆聚云。蓋黃帝時嘗用事⑬，雖晚周亦郊焉⑭。」三神山⑮，「蓋嘗有至者，諸仙人及不死之藥皆在焉。」「未能至，望見之焉⑯。」新垣平望氣言⑰：「有神氣，成五采⑱，若人冠絻焉⑲。」「權火舉而祠⑳，若光輝然屬天焉㉑。」「出長安門㉒，若見五人於道北。」「蓋夜致王夫人之貌云㉓，天子自帷中望見焉㉔。」「登中嶽太室㉕，從官在山下聞若有言『萬歲』者云㉖。」「祭封禪祠㉗，其夜若有光。」封欒大詔㉘：「天若遺朕士而大通焉㉙。」河東迎鼎㉚，「有黃雲蓋焉」。「見神人東萊山㉛，若云欲見天子」。

姑且拿《封禪書》、《郊祀志》來考察，隨記於此。記雍州好畤說：「自古以來各種神祠都集中於此云。蓋黃帝時曾經在這裏舉行祭祀，即使是晚周也郊焉。」三神山，「蓋曾有人到過那裏，眾仙及不死之藥都在焉。」「未能到達，遠遠地看見焉。」新垣平望氣說：「有神氣，形成五彩，若人冠冕焉。」「爟火樹起來後舉行祭祀，若光輝與天相連焉。」「走出長安門，若見五人在路北。」「蓋夜晚使王夫人的形貌呈現出來了，皇帝從帷幕中望見焉。」「登上中嶽太室山，隨從官員在山下聽到若有言『萬歲』者云。」「在封禪祠祭祀時，當晚若有光。」給欒大封侯的詔令說：「上天若遺朕士而欒大通焉。」在河東迎接寶鼎時：「有黃雲蓋焉。」「在東萊山看見神人，若云欲見天子。」

❿《封禪書》：即《史記・封禪書》，記漢武帝以前歷代帝王封禪及其他祭祀求神之事。《郊祀志》：即《漢書・郊祀志》，所記內容與《封禪書》同，但詳於西漢之事。當時帝王多希望見神仙以求不死之方，故神仙顯靈之傳聞不少，遷、固記這類事採取存疑態度。⓫漫：隨意。⓬雍州：古九州之一。好畤（zhì）：在今陝西乾縣東。畤，為古代祭天地五帝的固定處所。⓭黃帝：神話傳說中的古帝。嘗：曾經。用事：指祭祀。⓮郊：天子在郊外祭天叫郊。⓯三神山：傳說東海中的蓬萊、方丈、瀛洲三山，上有不死藥及黃金白銀砌的宮殿，為眾仙所居。⓰「未能至」二句：這是秦始皇派去海中找三神山的方士所說。⓱新垣平：漢文帝時之方士。望氣：占候術之一種，望雲氣以測吉凶徵兆。⓲采：通「彩」。五彩指青、黃、赤、白、黑五色。⓳絻（miǎn）：同「冕」，禮冠，古代的禮帽。⓴權火：即爟火，古代郊禮時所舉用的烽火。秦漢時郊禮五帝是在晚上舉行，故廣設權火，以照明遠近。祠：祭祀。㉑屬（zhǔ）：連接。㉒長安門：今《史》、《漢》均作「長門」，長門是長安的亭名。㉓致：弄出，顯現。王夫人：趙人，衛皇后色衰之後，漢武帝一度寵愛王夫人，生子劉閎，後封為齊王。王夫人早死，《史記》作「夜致王夫人……之貌」。《漢書》則作「李夫人」，李夫人號稱傾國傾城，在王夫人之後得寵，生昌邑王。李夫人也早死。㉔帷（wéi）：張設於四旁的帳幔、帳子。王夫人死後武帝常思念她，當時方士少翁便玩此把戲，讓武帝隔帷觀看形似王夫人的狀貌。㉕「登中嶽」句：元鼎七年（前110）三月，武帝到中嶽太室的廟中祭祀。太室：即嵩山，古代五嶽之一（中嶽），在今河南登封。㉖從官：隨從官員。㉗祠：神廟。㉘欒（luán）大：漢武帝時方士，吹噓自己與仙人往來，可得不死之藥，被任為將軍，並封侯，後因欺君事發被殺。下面所引詔令即封欒大為樂通侯之詔。㉙遺（wèi）：送。大：指欒大。通：傳達。指傳達天命。㉚河東迎鼎：河東，郡名，轄境相當今山西沁水以西、霍山以南地區。漢武帝元鼎元年（前116）六月，汾陰（今山西寶鼎）巫士在祭祀時，偶爾從地下挖出寶鼎。天子親自迎接，傳說寶鼎運到中山時，有黃雲在其上籠蓋。㉛東萊山：在今山東掖縣。「見神人」二句是方士公孫卿對武帝所說的話。

方士言㉜：「蓬萊諸神若將可得㉝。」「天子為塞河㉞，興通天台，若見有光云㉟。」「獲若石云，于陳倉㊱。」此外如所謂「及羣臣有言老父㊲，則大以為仙人也」、「可為觀，如緱城㊳，神人宜可致」、「天旱，意乾封乎㊴」、「然其效可睹矣㊵」，詞旨亦相似㊶。

㉜方士：古稱會星相、占卜、候氣招致神仙以及煉服不死之藥等方術的人。㉝「蓬萊」句：這是漢武帝封禪後方士所說。㉞河：指黃河。漢武帝時黃河曾決口。漢武帝曾組織力量堵塞。㉟通天台：在甘泉宮旁，台高三十丈，因公孫卿曾說「仙人好樓居」，故武帝築此台希圖招致仙人。㊱「獲若石」句：全文為「文公獲若石云，于陳倉北阪城祠之」。陳倉，山名。在今陝西寶雞東。㊲「及羣臣」句：公孫卿為武帝求仙，至東萊，說夜見大人，見其腳印甚大。武帝雖見到所謂腳印，但還是懷疑，後來羣臣都說看到一老父牽狗，云「吾欲見巨公（指天子）」。武帝就真的相信有其事了。㊳緱（gōu）城：即緱氏城，在今河南偃師東南。此前公孫卿為武帝到河南訪神時，曾說在緱氏城上見神跡，武帝便在那裏起宮觀。㊴「天旱，意乾封乎」句：元封三年（公元前108年）夏，天旱。當時武帝封禪不久，公孫卿乘機說：「黃帝時封則天旱，乾封三年。」武帝便下詔，此處所引即詔語。意：猜想。㊵效：效驗。睹：見到。《史記》、《漢書》記：武帝末年，方士言神仙者仍很多，但其效果正像人們看到的那樣，並不靈驗。㊶旨：意思。

方士說：「蓬萊眾神若將可得。」「天子因為堵塞黃河缺口，興建通天台，若見有光云。」「獲若石云於陳倉。」此外如所謂「及羣臣有言老父，就大以為仙人了」、「可造觀，像緱城那樣，神人宜可致」、「天旱，意乾封乎」、「然其效可睹矣」。用詞的意思也相似。

詩詞改字（續筆卷八）

古人傳世的名作常經過本人修改。洪邁在這裏根據草稿和同時人的寫本舉了幾個實例，由此可領會詩詞用字遣詞的方法。

王荊公絕句云①：「京口瓜州一水間②，鍾山只隔數重山③；春風又綠江南岸，明月何時照我還。」吳中士人家藏其草④，初云「又到江南岸」，圈去「到」字，注曰「不好」，改為「過」；復圈去而改為「入」，旋改為「滿」⑤，凡如是十許字⑥，始定為「綠」。黃魯直詩⑦：「歸燕略無三月事⑧，高蟬正用一枝鳴。」「用」字初曰「抱」，又改曰「佔」、曰「在」、曰「帶」、曰「要」⑨，至「用」字始定。予聞於錢伸仲大夫如此。今豫章所刻本⑩，乃作「殘蟬猶佔一枝鳴」。向巨原云⑪：元不伐家有魯直所書東坡《念奴嬌》，與今人歌不同者數處，如「浪淘盡」為「浪聲沉」，「周郎赤

王安石絕句說：「京口瓜州一水間，鍾山只隔數重山；春風又綠江南岸，明月何時照我還。」吳中讀書人家裏有收藏他的草稿的，草稿上起初寫作「又到江南岸」，圈去「到」字，注曰「不好」，改作「過」；又圈去「過」而改作「入」，隨後改作「滿」。大概像這樣換了十多個字才確定為「綠」。黃庭堅詩：「歸燕略無三月事，高蟬正用一枝鳴。」「用」字起初作「抱」，又改作「佔」、作「在」、作「帶」、作「要」，到「用」字才確定下來。我從錢伸仲大夫那裏聽到的也是這樣。現在豫章

壁」為「孫吳赤壁」，「亂石穿空」為「崩雲」，「驚濤拍岸」為「掠岸」⑫，「多情應笑我早生華髮」為「多情應是笑我生華髮」⑬，「人生如夢」為「如寄」⑭。不知此本今何在也。

刻本，則作「殘蟬猶佔一枝鳴」。向巨原說：元不伐家裏有黃庭堅所書寫的蘇東坡《念奴嬌》，跟今人歌唱的有好幾處不同，如「浪淘盡」為「浪聲沉」，「周郎赤壁」為「孫吳赤壁」，「亂石穿空」為「崩雲」，「驚濤拍岸」為「掠岸」，「多情應笑我早生華髮」為「多情應是笑我生華髮」，「人生如夢」為「如寄」。不知道這個本子如今在哪裏。

❶王荊公：北宋政治家、文學家王安石曾被封為荊國公，故人稱王荊公。下面所引詩句見其《泊船瓜州》詩。❷京口：古城名。故址在今江蘇鎮江。瓜州：鎮名。在江蘇邗（hán）江南部，大運河入長江處，與京口隔江斜對。❸鍾山：即紫金山，在今江蘇南京東郊。❹草：草稿。❺旋：隨後。❻許：表示約數。❼黃魯直：北宋詩人黃庭堅，字魯直，「蘇門四學士」之一，江西詩派的開創者。下面所引詩句見其《登南禪寺懷裴仲謀》。❽歸燕：秋冬季節南飛的燕子。略無：全無。三月：燕子飛回來的時節。三月事即銜泥築巢之事。❾要：佔取。❿豫章：指隆興府，治所南昌，即今江西南昌，古名豫章郡，所以這裏稱之為豫章。⓫向巨原：洪邁的朋友，頗能作詩，曾將平生所作數千篇，編為《葵齋雜稿》，請洪邁為其作序。見《容齋三筆》卷九《向巨原詩》。《念奴嬌》：即蘇軾《念奴嬌・赤壁懷古》。⓬掠（lüè）：拂過，擦過。⓭華髮：即花髮，白髮。⓮寄：寄居，暫住。

國初古文（續筆卷九）

唐代韓愈、柳宗元等人提倡的古文運動，到北宋時才取得徹底勝利，這是人所共知的事情。但北宋時古文運動是如何復興的，卻頗有不同的說法。洪邁在這裏作了考證，其結論已為今天講文學史者所承用。

歐陽公《書韓文後》云①：「予少家漢東②，有大姓李氏者③，其子堯輔頗好學。予游其家，見有敝篋貯故書在壁間④，發而視之⑤，得唐《昌黎先生文集》六卷⑥，脫落顛倒無次序，因乞以歸讀之。是時，天下未有道韓文者，予亦方舉進士⑦，以禮部詩賦為事⑧。後官于洛陽，而尹師魯之徒皆在⑨，

❶歐陽公：北宋文學家歐陽修（1007—1072），天聖八年（1030）中進士，次年到洛陽任西京留守推官，結識了尹洙等一批志同道合的文人，宣導古文，成為北宋古文運動的領袖。《書韓文後》：即《書舊本韓文後》。❷家：家住。漢東：漢水之東。歐陽修本為廬陵（今江西吉安）人，四歲時父親去世，便隨母投奔在隨州做官的叔父。隨州在漢水之東。❸大姓：世家大族。❹敝（bì）：破舊。篋（qiè）：小箱子。故書：舊書。❺發：打開。❻《昌黎先生文集》：韓愈的文集。韓愈是河南河陽（今河南孟州南）人，昌黎是他的郡望。❼舉進士：赴進士科考試。❽禮部：為中央尚書省六部之一，負責祭祀、禮儀和文教等事。唐玄宗開元二十四年（736），規定由禮部主持會試，以後便成定制。北宋禮部考試，在王安石改革之前仍然是沿唐舊制，以寫作詩賦為考試內容。❾尹師魯：尹洙，字師魯，他曾以穆修為師，在古文理論和創作上均有所貢獻，所作文章以簡古見稱。

歐陽修《書韓文後》說：「我年青時家住漢東，有大姓李氏，他的兒子李堯輔很好學。我到他家裏玩時，看到有個破舊小箱貯藏些舊書放在牆壁間，打開來看，得到唐代《昌黎先生文集》六卷，脫落顛倒沒有次序，於是借回去閱讀。這時天下還沒有談韓愈文章的，我也正要參加進士考試，在禮部考試時要求的詩賦上面下工夫。後來我在洛陽做官，而尹師魯等一批人都在那裏，

遂相與作為古文⑩，因出所藏《昌黎集》而補綴之⑪。其後天下學者亦漸趨於古，韓文遂行于世。」又作《蘇子美集序》⑫，云：「子美之齒少於予⑬，而予學古文，反在其後。天聖之間⑭，學者務以言語聲偶擿裂以相誇尚⑮，子美獨與其兄才翁及穆參軍伯長作為歌詩雜文⑯，時人頗共非笑之，而子美獨不顧也。其後學者稍趨於古。獨子美為於舉世不為之時，可謂特立之士也。⑰」《柳子厚集》有穆修所作《後敍》云⑱：「予少嗜觀韓、柳二家之文⑲，柳不全見於世，韓則雖目其全⑳，至所缺墜㉑，亡字失句，獨於集家為盛。凡用力二紀㉒，文始幾定㉓，時天聖九年也。」予讀《張景集》

便一起寫作古文，於是拿出所收藏的《昌黎先生文集》補綴。那以後天下學者也逐漸趨向於古，韓愈的文章便在世上流行。」又寫了《蘇子美集序》說：「子美的年齡比我小，但我學古文反而在他之後。天聖年間，學者專門拿言語的聲律對偶典故相誇尚，獨有子美跟他的哥哥才翁以及穆參軍伯長寫作古歌詩雜文，當時人大多非議譏笑他們，而子美不予理睬。後來學者稍稍趨於古，只有子美在舉世都不這樣做時做了，可以稱得上特立之士了。」《柳子厚集》中有穆修所寫的《後敘》

中《柳開行狀》云㉔：「公少誦經籍，天水趙生㉕，老儒也，持韓愈文僅百篇授公㉖，曰：『質而不麗㉗，意若難曉，子詳之㉘，何如？』」

❿古文：文體名。魏晉以來流行講究對偶、堆砌典故的駢體文，韓愈為反對這種不便記事論理，矯揉造作的文體，便提倡先秦兩漢所普遍使用的散體文，稱之為「古文」。⓫綴（zhuì）：補綴，連接。歐陽修參照尹洙等人所藏韓集，補足他所得韓集中缺失顛倒的部分。⓬蘇子美：北宋文學家蘇舜欽，字子美。少年時就與穆修等人一起宣導古文及古歌詩。在詩歌上成就更大。⓭齒：年齡。⓮天聖：宋仁宗年號（1023—1032）。⓯聲偶：指講究聲律和對偶。擿（zhāi）：同「摘」。擿裂即指摘取典故、碎裂雕飾。宋初文人大多以駢文寫作，雖經柳開等人批評，但此風不息。⓰才翁：蘇舜元，字才翁。穆參軍伯長：穆修，字伯長，曾任潁州文學參軍。他不從時俗，力倡古文，並對韓柳文集進行過整理。⓱特立：特出而卓然獨立。⓲柳子厚：唐文學家柳宗元，字子厚。⓳嗜（shì）：喜歡，愛好。⓴目：看作。㉑缺墜：缺文墜簡。㉒紀：十二年為一紀。㉓幾：差不多。㉔張景（970—1018）：柳開弟子，曾整理柳開文集，附以《行狀》。柳開：字仲塗。北宋文學家，在宋初與梁周翰等人首先宣導恢復古文。行狀：一種記述死者生平事蹟的文體。㉕天水：趙氏的郡望。隋以前天水郡治所在今甘肅天水。㉖僅（jìn）：將近。㉗質：文章樸實。麗：華麗。㉘詳：審察。

說：「我年輕時喜愛讀韓愈、柳宗元兩家的文章，柳集沒有全部在世上流行，韓集雖然被看做是齊全的，但篇目缺失，字句脱落，卻是各家文集中最為嚴重的。我共花了二十四年的精力，文集才大體編定下來，當時是天聖九年。」我讀《張景集》中《柳開行狀》說：「柳公年輕時即誦讀經籍，天水趙先生，是一位老儒，拿着近百篇韓愈的文章交給柳公說：『質樸而不華麗，意蘊似乎難以曉諭，你深入探究一下，怎麼樣？』」

公一覽而不能捨，歎曰：『唐有斯文哉[29]！』因為文章直以韓為宗尚[30]。時韓之道獨行於公，遂名肩愈[31]，字紹先[32]。韓之道大行於今，自公始也。」又云：「公生於晉末[33]，長於宋初，扶百世之大教[34]，續韓、孟而助周、孔[35]。兵部侍郎王祐得公書[36]，曰：『子之文出於今世，真古之文章也。』兵部尚書楊昭儉曰[37]：『子之文章，世無如者已二百年矣。』」開以開寶六年登進士第[38]，景作行狀時，咸平三年[39]。開序韓文云：「予讀先生之文，自年十七至於今，凡七年。」然則在國初，開已得《昌黎集》而作古文，去穆伯長時數十年矣[40]，蘇、歐陽更出其後[41]，而歐陽略不及之[42]，乃

柳公一看便不能放手，感歎道：『唐代有這樣的文章啊！』於是寫文章就以韓愈為宗尚。當時韓愈的主張只有柳公實行，便給自己取名肩愈，字紹先〔元〕。韓愈的主張在今天大為推行，是從柳公開始的。」又說：「柳公出生於後晉末年，成長於宋初，扶持百世的大教，繼承韓愈、孟子而助周公、孔子。兵部侍郎王祐收到柳公的信後，說：『您的文章出現在今世，真正是古人的文章啊。』兵部尚書楊昭儉說：『世上沒有能如您文章這樣的，已有兩百年了。』」柳開在開寶六年（973）進

以為天下未有道韓文者，何也？范文正公作《尹師魯集序》亦云㊸：「五代文體薄弱㊹，皇朝柳仲塗起而麾之㊺。洎楊大年專事藻飾㊻，

㉙斯：此。㉚因：因而，於是。宗尚：尊崇並取法。㉛肩愈：取比肩韓愈之意。㉜紹先：當作「紹元」。取繼承柳宗元之意。㉝晉：指五代時後晉。㉞扶：扶持。㉟韓：韓愈。孟：孟子。周：周公。孔：孔子。韓愈在反對駢文的形式主義時，強調了文章應該用來明道，並說過去周公以此道傳孔子，孔子傳孟子。而韓愈自認為繼承了孟子。㊱兵部侍郎：尚書省兵部的副長官。王祐：宋太宗時任兵部侍郎。㊲兵部尚書：即兵部的長官。楊昭儉：宋初為太子詹事，後來帶兵部尚書銜退休。㊳開寶：宋太祖年號（968—976）。㊴咸平：宋真宗年號（998—1003）。㊵去：離，距離。㊶蘇：指蘇軾。蘇軾少年時即能為文，且未受中原浮華文風之影響，故他在嘉祐年間赴進士試時，得到主考官歐陽修的極大賞識。後來成為北宋時成就最大的古文家。歐陽：指歐陽修。㊷略：絲毫。㊸范文正公：北宋政治家、文學家范仲淹，仁宗景祐年間為開封府尹，與歐陽修、尹洙為政治盟友。又是歐陽修所團結的古文作者之一，以實行慶曆新政而聞名，死後諡號為文正。㊹薄弱：指萎靡綺麗，沒有氣骨。㊺麾（huī）：通「揮」，揮去，拂去。㊻洎（jì）：及，到。楊大年：楊億，字大年。真宗時，官至翰林學士，早年即以文章著名，詩學李商隱，詞藻華麗，曾編有《西昆酬唱集》。藻（zǎo）飾：修飾。

士及第，張景為他作行狀時，是咸平三年（1000）。柳開為韓愈文集作序說：「我讀先生的文章，從十七歲直到今天，總共七年了。」也即說，在本朝初年柳開已得到了《昌黎集》並作古文，比穆修的時代早了幾十年，蘇軾、歐陽修作古文更在他之後，而歐陽修竟然毫不提及他，乃至認為當時天下沒有人說起過韓愈的文章，這是為甚麼呢？范仲淹寫《尹師魯集序》也說：「五代時文體萎靡無力，我朝柳仲塗奮起而掃除，到楊大年專工於修飾，

謂古道不適於用，廢而弗學者久之。師魯與穆伯長力為古文，歐陽永叔從而振之，由是天下之文一變而古。」其論最為至當。

說古道不適合於使用，丟棄而不學有很長一段時間。尹師魯與穆伯長努力作古文，歐陽修隨後發揚光大，由此天下的文章一變而為古。」這個論斷最為確切。

漢初諸將官（續筆卷十）

唐宋時外任的節度使等常帶有宰相頭銜，而實際上並不入朝參與政事，洪邁考出這種風氣實始於西漢初年。可見洪邁讀史的精審，對制度的熟悉。

漢初諸將所領官[1]，多為丞相[2]。如韓信初拜大將軍[3]，後為左丞相擊魏[4]，又拜相國擊齊[5]。周勃以將軍遷太尉[6]，後以相國代樊噲擊燕[7]。樊噲以將軍攻韓王信[8]，遷為左丞相，以相國擊燕。酈商為將軍[9]，以右丞相擊陳豨[10]，以丞相擊黥布[11]。尹恢以右丞相備守淮陽[12]。陳涓以丞相定齊地[13]。然《百官公卿表》皆不載[14]，蓋蕭何已居相位[15]，諸人者未嘗在朝廷，特使假其名以為重耳[16]。後世使相之官[17]，本諸此也。

漢初諸將所受官號，多為丞相。比如韓信開始被任命為大將軍，後來作為左丞相攻伐魏，又被任命為相國去攻伐齊。周勃以將軍升遷為太尉，後來任相國，代替樊噲攻伐燕。樊噲以將軍攻伐韓王信，升遷為左丞相，以相國攻伐燕。酈商任將軍，以右丞相攻伐陳豨，以丞相攻伐黥布。尹恢以右丞相守衛淮陽。陳涓以丞相平定齊地。然而《百官公卿表》中都沒記載這些，大概因為蕭何已經居相位，以上這些人未曾在朝廷，只是讓他們借其名以提高他們的權威罷了。後代的使相官，就起源於此。

❶領：領有，兼任。❷丞相：秦朝即以丞相作為宰相官號。漢初宰相稱丞相，後又有相國之稱。❸拜：以一定儀式任命。❹「後為」句：韓信擊魏在漢二年（前205）八月。❺「又拜」句：擊齊：韓信拜相國擊齊在漢三年。❻周勃：西漢初大臣。秦末隨劉邦轉戰各地，以軍功為將軍，封絳侯，後又因平定韓信叛亂之功，升遷為太尉。太尉：為全國軍事首腦。❼「後以」句：漢初分封的燕王盧綰謀反，周勃帶相國銜代替樊噲，而擔任伐燕軍的統帥。樊噲（kuài）：西漢初將領，多次隨劉邦出征平定叛亂，因功升任左丞相。❽韓王信：為先秦韓襄王的孽孫，漢攻下故韓國部分地方後，立他為韓王。後被匈奴包圍，擅自派人求和，漢發兵擊之。❾酈（lì）商：西漢初將領，封曲陽侯。❿陳豨（xī）：漢初列侯，負責監領趙、代之邊兵，喜招致賓客，漢高祖懷疑他有異謀，召豨，豨畏懼而造反，自立為代王，後被誅滅。⓫黥（qíng）布：即英布，因他在秦朝時犯法，被處黥刑（在臉上刺字），故稱黥布。初為項梁、項羽的將領，後歸劉邦，封淮南王。見劉邦誅殺韓信等異姓諸侯王，懼禍及己，發兵造反。⓬尹恢：西漢初將領，因功封故城侯。淮陽：郡國名，漢高祖十一年（前196）置淮陽國，為同姓九國之一，都於陳（今河南淮陽）。⓭陳涓：西漢初將領，因功封河陽侯。⓮《百官公卿表》：即《漢書・百官公卿表》，記西漢一代職官，並將西漢一代重要職官的任免情況列於一表。⓯蕭何：西漢初大臣，在楚漢戰爭時即為丞相，留守關中，負責兵員及糧餉輸送。誅韓信之後，拜為相國。⓰特：只是。假：借。⓱使相：唐後期和五代時節度使常兼宰相頭銜。並不參與朝廷政事。

唐人避諱（續筆卷十一）

封建時代對於君主和尊長的名字，避免直接説出、寫出，叫做避諱。避君主之名叫國諱，避自己先輩父母之名，叫家諱。唐人對避家諱尤其講究，甚至做出許多不近人情的怪事，洪邁對此作了抨擊。

唐人避家諱甚嚴，固有出於禮律之外者。李賀應進士舉①，忌之者斥其父名晉肅②。以晉與進字同音，賀遂不敢試。韓文公作《諱辯》③，論之至切，不能解眾惑也。《舊唐史》至謂韓公此文為文章之紕繆者④，則一時橫議可知矣⑤。杜子美有《送李二十九弟晉肅入蜀》詩，蓋其人云。裴德融諱「皐」⑥，高鍇以禮部侍郎典貢舉⑦，德融入試，鍇曰：「伊諱『皐』⑧，

❶ 李賀：唐詩人。❷ 斥：指，指出。❸ 韓文公：韓愈，死後謚為文，世稱韓文公。❹ 紕繆（pī miù）：乖錯。❺ 橫議：恣縱的言論。❻ 裴德融：唐文宗開成元年（836）進士，其父親叫裴皋。「皋」與「高」同音。❼ 高鍇：元和年間進士，任禮部侍郎，在唐文宗大和末、開成初，多次主持科舉考試。禮部侍郎：禮部的副長官。典：主持，執掌。貢舉：即指科舉。❽ 伊：他。

唐人避家諱非常嚴格，往往有超出禮律之外的。李賀應進士科，嫉妒他的人指出他的父親名晉肅。因為「晉」與「進」同音，李賀便不敢赴試。韓愈寫了《諱辯》，評論這事非常誠懇率直，仍不能消除人們的疑惑。《舊唐書》甚至說韓公這篇文章，是文章中的謬妄者，則當時的譏議可知了。杜甫有《送李二十九弟晉肅入蜀》詩，大概就是李賀的父親。裴德融家諱避「皐」字，高鍇以禮部侍郎主持科舉，德融前來應試，高鍇說：「他諱『皐』，

向某下就試，與及第⑨，困一生事。」後除屯田員外郎⑩，與同除郎官一人同參右丞盧簡求⑪。到宅，盧先屈前一人入⑫，前人啟云：「某與新除屯田裴員外同祇候⑬。」盧使驅使官傳語曰：「員外是何人下及第？偶有事，不得奉見。」裴蒼遽出門去⑭。觀此事尤為乖剌⑮。鍇、簡求皆當世名流，而所見如此。《語林》載崔殷夢知舉⑯，吏部尚書歸仁晦託弟仁澤⑰，殷夢唯唯而已⑱，無何，仁晦復詣託之⑲，至於三四，殷夢斂色端笏曰⑳：「某見進表讓此官矣㉑。」仁晦始悟己姓，殷夢諱也。按《宰相世系表》㉒，其父名龜從㉓。此又與高相類。且父名晉肅，子不得舉進士；父名

到我門下來考試，給他及第，將是困擾他一輩子的事情。」後來裴德融被任命為屯田員外郎，跟同時任命的一個郎官，一起晉見尚書右丞盧簡求。到盧宅，盧先請前一人進去，前一人報告說：「我是跟剛剛任命的屯田裴員外一起前來恭候的。」盧派驅使傳話說：「員外是哪個人門下考取的呢？主人偶然有點事，不能接待您。」裴匆忙走出門去。看這件事尤其不合情理。高鍇、盧簡求都是當時的名流，然而他們的見識竟是這樣。《語林》記載崔殷夢主持科舉，吏部尚書歸仁晦把弟弟歸仁澤的事託付給他，殷

皋，子不得於主司姓高下登科㉔；父名龜從，子不列姓歸人於科籍㉕：揆之禮律㉖，果安在哉？後唐天成初㉗，盧文紀為工部尚書㉘，新除郎中于鄴公參㉙。文紀以父名嗣業，

❾及第：科舉考試合格為及第。❿屯田員外郎：尚書省工部之下設有屯田司，屯田員外郎為該司副長官。⓫參：古時下級進見上級之稱。右丞：尚書右丞。⓬屈：請。⓭祗（zhī）候：恭敬地問候。⓮蒼遽（jù）：倉猝，匆忙。⓯乖剌（guāi là）：不合情理。⓰《語林》：北宋王讜所編《唐語林》，多記唐朝遺聞軼事。崔殷夢：唐懿宗咸通八年（867），以禮部司勳員外郎主持吏部弘詞科考試。⓱歸仁晦：唐僖宗乾符三年（876）為吏部尚書。歸仁澤：後在僖宗乾符元年（874）進士及第。⓲唯：古人的應答詞。「唯唯」是應答而不表示可否。⓳詣：至。⓴斂（liǎn）：整肅，斂色即指面部表情嚴肅起來。笏（hù）：古時大臣朝見奏事時手中所拿的狹長板片，上邊常記要奏報的事。㉑見：打算，擬。表：古代奏章的一種。㉒《宰相世系表》：指《新唐書・宰相世系表》。㉓崔龜從：宣宗大中年間宰相。㉔主司：主考官。㉕科籍：參加科舉人員的名冊。㉖揆（kuí）：衡量。㉗天成：後唐明宗李嗣源年號（926—930）。㉘盧文紀：盧簡求之孫。㉙郎中：尚書省六部之下各司的長官。

夢只是唯唯，沒過多久，仁晦又去拜訪託付，以致再三、再四，殷夢臉色嚴肅起來，拿正了朝笏，說：「本人打算上表辭讓這個官職了。」仁晦這才明白自己的姓，是殷夢的家諱。查《宰相世系表》，崔殷夢的父親名叫龜從。這又跟高鍇的事相似了。父親名晉肅，兒子不能應進士舉；父親名皋，兒子不能在姓高的主考下登科；父親名龜從，兒子不安排姓歸的人進科舉考生的名冊。拿禮律來衡量，到底道理在哪裏呢？後唐天成初年，盧文紀任工部尚書，剛任命的郎中于鄴公來晉見，文紀因自己父親名嗣業，

與同音，竟不見，鄰憂畏太過，一夕雉經于室㉚，文紀坐謫石州司馬㉛，此又可怪也。

㉚ 雉（zhì）經：以繩自縊，上吊。

㉛ 石州：治所在今山西離石。司馬：唐代州長官刺史的輔佐官。

與「鄰」同音，竟然不見他，鄰擔憂害怕極了，一天晚上，在房子裏上吊自盡，文紀因此而被貶為石州司馬。這可又怪了。

古跡不可考（續筆卷十二）

我國古代由於崇拜名人，往往偽造了許多古跡，直到今天有些所謂古跡還被人們信以為真。洪邁卻能指出很多古跡的不可信、不可考，說明他的識見確屬高人一籌。

郡縣山川之古跡，朝代變更，陵谷推遷①，蓋已不可復識。如堯山、歷山②，所在多有之。皆指為堯、舜時事，編之圖經③。會稽禹墓④，尚云居高丘之顛，至於禹穴，則強名一罅⑤，不能容指，不知司馬子長若之何可探也⑥？舜都蒲阪⑦，實今之河中所謂舜城者⑧，宜歷世奉之唯謹。按張芸叟《河中五廢記》云⑨：「蒲之西門，所由而出者，兩門之間，即舜城也，廟居其中⑩，唐張宏靖守蒲⑪，嘗修飾之。至熙寧之初⑫，垣墉尚固⑬。曾不五年⑭，而為埏陶者盡矣⑮，舜城自是遂廢。又河之中泠一洲島⑯，名曰中潬⑰，所以限橋⑱，不知其所起，或云汾陽王所為⑲。以鐵為基，

郡縣山川的古跡，由於朝代變更，陵谷變遷，幾乎已不能再辨識。如堯山、歷山，很多地方都有，都說成是堯、舜時事，編到圖經裏。會稽禹墓，尚說是位於高丘之巔，至於禹穴，即勉強指一個大石裂縫來冒名，連手指都容不下，不知道司馬遷當年如何探法？舜建都於蒲阪，就是今天河中稱作舜城的，宜乎世代恭謹敬奉。按張舜民的《河中五廢記》說：「蒲州的西門，由此而出城，在兩門之間，就是舜城，舜廟位於其中。唐張宏靖鎮守蒲州時，曾修治過。到熙寧初年，城牆還完整堅固。

上有河伯祠⑳，水環四周，喬木蔚然㉑。嘉祐八年秋㉒，大水馮襄㉓，了無遺跡㉔。中潭自此遂廢。」顯顯者若此，它可知矣㉕。東坡在鳳翔㉖，作《凌虛台記》云㉗：「嘗試登台而望，

❶陵：丘陵。谷：山谷。陵谷推移指丘陵或變為山谷，山谷或變為丘陵。❷堯山：相傳遠古堯帝初封於此。今河北堯山、山西永濟等地均有堯山。歷山：相傳是舜即位前耕種和製作陶器的地方。今山西省永濟東南、山西垣曲東北、山東菏澤東北、山東濟南東南等地均有歷山。❸圖經：古代地志叫圖經。❹會稽：在今浙江紹興東南。❺罅（xià）：裂縫。❻司馬子長：即司馬遷，字子長。若之何：若何，如何。《史記・太史公自序》說司馬遷「二十西南遊淮，上會稽探禹穴」。❼蒲阪：故城在今山西永濟北三十里，即今虞都鎮。❽河中：唐設河中府，治所在今山西永濟西。❾張芸叟：張舜民，字芸叟。北宋治平進士。❿廟：舜廟。⓫張宏靖：本名張弘靖，避諱改「宏靖」，德宗時，曾為河中節度使。⓬熙寧：宋神宗年號（1068—1077）。⓭垣墉（yuán yōng）：城牆。⓮曾：乃，竟然。⓯埏（shān）陶：揉黏土以製陶器。⓰河：指黃河。中泠（líng）：中流。洲：水中小島。⓱中潭（tán）：在河南孟州西南，即今黃河郭家灘，唐代在此設巨防，造浮橋。⓲橋：指浮橋。《能改齋漫錄》卷十三說唐玄宗時始造浮橋，鑄鐵為牛，有鐵席，席下為鐵柱，埋於地中，以繫橋索。⓳汾陽王：指唐代名將郭子儀。因平定安史之亂，肅宗封他為汾陽王。⓴河伯祠：黃河神的祭廟。㉑喬木：高樹。蔚然：茂盛貌。㉒嘉祐：宋仁宗年號（1056—1063）。㉓馮（píng）襄：進逼，沖上。㉔了：全。㉕它：其他。㉖鳳翔：府名，治所在今陝西鳳翔。蘇軾嘉祐年間考取進士後，又參加制科考試，授鳳翔府簽書判官。㉗凌虛台：在鳳翔府治東北，北宋陳希亮為府尹時所建。

不出五年，城牆竟被揉黏土製陶器的人挖光了。舜城從此便毀廢了。又黃河中流裏一個沙洲，名叫中潭，是用來牽擋浮橋的，不知它修建於何時，有人說是汾陽王所造。用鐵作基礎，上面建有河伯祠，水環繞四周，高大的樹木長得茂盛。嘉祐八年（1063）秋，大水沖淹，遺跡就一點也不存在了。中潭從此便荒廢。」這些顯著的古跡尚且如此，其他的就可想而知了。蘇東坡在鳳翔府時，作《凌虛台記》，說：「曾試着登台而望，

其東則秦穆之祈年、槖泉㉘，其南則漢武之長楊、五柞㉙，其北則隋之仁壽，唐之九成也㉚。計其一時之盛，宏傑詭麗㉛，堅固而不可動。然數世之後，欲求其仿佛㉜，而破瓦頹垣㉝，無復存者。」謂物之廢興成毀，皆不可得而知，則區區泥於陳跡㉞，而必欲求其是㉟，蓋無此理也。《漢書・地理志》，扶風雍縣有槖泉宮㊱，秦孝公起㊲。祈年宮，惠公起㊳。不以為穆公。

㉘ 秦穆：秦穆公。祈年、槖（tuó）泉：宮名。㉙ 長楊：宮名。在陝西周至東南。宮中有垂楊數畝，故名。五柞（zuò）：宮名。在離長楊宮八里處。宮中有五柞樹，故名。㉚ 九成：指九成宮。在陝西麟遊西五里，本為隋朝仁壽宮，唐太宗重修，改名九成宮。㉛ 詭麗：指造型裝飾奇異而華麗。㉜ 仿佛：大致形跡。㉝ 頹（tuí）：倒塌。垣：城牆。㉞ 區區：心志專一的樣子。泥：拘泥。㉟ 是：正確。㊱ 扶風：即右扶風。政區名，京畿三輔之一，治所在長安，轄境約當今陝西秦嶺以北，戶縣、咸陽、旬邑以西地。雍縣：在今陝西鳳翔南。㊲ 秦孝公：戰國時秦國國君。㊳ 惠公：秦惠公，春秋時秦國國君。

東面則是秦穆公的祈年宮、槖泉宮，南面則是漢武帝的長楊宮、五柞宮，北面則是隋朝的仁壽宮，即唐朝的九成宮。可以想見當年的盛況，宏偉奇麗，堅固而不可動搖。然而幾個世代之後，想求得它的大概情形，卻是破瓦頹垣，再沒有留下甚麼了。」說的是事物的廢興成毀都不得而知，那麼區區泥於陳跡，一定要求得正確無誤，就沒有這樣的道理了。《漢書・地理志》記載，扶風雍縣有槖泉宮，是秦孝公所建。祈年宮，是秦惠公所建，不應當是秦穆公。

郭令公（續筆卷十三）

中國在春秋時是封建領主制，領主可以世襲，進入戰國後成為封建地主制，即使如唐代郭子儀那樣建立大功勳的人，其子孫也難世代為高官了。洪邁見其零落，因而發出感慨。

唐人功名富貴之盛，未有出郭汾陽之右者①。然至其女孫為憲宗正妃②，歷五朝，母天下，終以不得志於宣宗而死③，自是支冑不復振④。及本朝慶曆四年⑤，訪求厥後⑥，僅得裔孫元亨於布衣中⑦，以為永興軍助教⑧。歐陽公知制誥⑨，行其詞曰⑩：「繼絕世⑪，褒有功，非惟推恩以及遠⑫，所以勸天下之為人臣者焉⑬。況爾先王⑭，名載舊史，勳德之厚，宜其流澤於無窮⑮，而其後裔不可以廢，往服新命⑯，以榮厥家！」且以二十四考中書令之門⑰，而需一助教以為榮，吁亦淺矣⑱！乃知世祿不朽，如春秋諸國至數百年者⑲，後代不易得也。

唐朝人功名富貴之盛，沒有超出郭子儀之上的。然而到他的孫女為憲宗正妃，經歷五朝，為天下之母，終於因不得志於宣宗而死去，從此後代就不能重振。到我朝慶曆四年（1044），尋求他的後裔，僅僅在平民百姓中找到他的裔孫郭元亨，於是任命他為永興軍助教。歐陽修知制誥，措詞說：「延續絕祿的世家，褒獎有功之人，不只是推廣恩澤以達久遠，同時也用以激勵天下身為臣子的人。況且你的先王，名字載於舊史，功勳德望之厚，應流佈恩澤於無窮，因而他的後裔不可以廢，去服務於新王，從而榮耀你的家族！」以二十四考中書令的門庭，卻還要一個助教以為榮，唉，也太淺薄了！由此便知，世代享祿而不衰，像春秋各國那樣綿延達數百年的，後代是不容易有了。

❶郭汾陽：郭子儀。右：上。古以右為貴。❷「然至」句：憲宗為廣陵王時，聘郭子儀孫女為妃。生穆宗。憲宗即位時，封郭氏為貴妃。穆宗即位時，尊為皇太后。敬宗時又尊為太皇太后。文宗侍奉之禮更為隆重。武宗也非常尊敬她。宣宗即位後不久，郭氏死去。❸「終以」句：宣宗即位後尊其母為皇太后，待郭氏禮薄。郭氏登勤政樓時墜樓不遂，當晚死去。❹胄（zhòu）：後裔，後代。後代分支漸多，故又稱支胄。❺慶曆：宋仁宗年號（1041—1048）。❻厥（jué）：其。❼裔（yì）孫：玄孫以後的子孫。布衣：沒有做官的叫布衣。❽永興軍：治所在今陝西西安。❾歐陽公：歐陽修。知制誥（gào）：即「主掌起草詔令」的意思。此原本為中書舍人之責，後常以他官代行其職，則稱以某官知制誥。❿行：「行文」的行。⓫絕世：絕祿的世家。⓬惟：同「唯」。⓭勸：激勵。⓮先王：郭子儀曾封汾陽郡王，故稱。⓯流澤：恩澤流佈到後代。⓰服：侍，侍奉。新命：指趙宋王朝。古代統治者認為舊朝的滅亡是失去天命。而自己則是新得天命。⓱考：本指考課，即每年考核官員政績功過，定其等次，以作為加官進祿的根據。當了一年的官即經歷一考，故「二十考中書令」是指郭子儀擔任了約二十四年的中書令。⓲吁（xū）：嘆詞。⓳「乃知世祿不朽」句：不朽，即不衰落的意思。春秋時各諸侯國實行「世卿世祿」制。即由王室分支出去的各大貴族能夠世代擔任卿士等官職，其官祿也世代相傳。戰國時國君權力加強，此制削弱，秦統一全國後廢止。

孔墨（續筆卷十四）

後人受孟子的影響，往往對墨子過於否定。其實漢人仍常以孔、墨並稱，即使尊崇孟子的韓愈，也有肯定墨子的言論。洪邁指出了這個事實，說明他讀書的細心。

墨翟以兼愛無父之故①，孟子辭而辟之②，至比於禽獸③，然一時之論。迨於漢世④，往往以配孔子⑤。《列子》載惠盎見宋康王曰⑥：「孔丘、墨翟，無地而為君，無官而為長，天下丈夫女子⑦，莫不延頸舉踵而願安利之⑧。」鄒陽上書於梁孝王曰⑨：「魯聽季孫之說逐孔子⑩，

❶墨翟（dí）：春秋戰國之際的思想家，墨家的創始人。❷辭：責備、斥責。辟（pì）：批駁。❸「至比於禽獸」句：孟子曾說過，「楊氏（指楊朱）為我，是無君也；墨氏兼愛，是無父也。無父無君，是禽獸也。」（《孟子・滕文公》）。❹迨（dài）：到。❺配：祭祀時配享。❻《列子》載」句：以下所引見《列子・黃帝》。惠盎：當時辯士。宋康王：宋國末代君王，好戰，曾攻齊、楚、魏，後三國滅宋，殺康王。❼丈夫：男子。❽延頸：伸長脖子。舉踵（zhǒng）：踮起腳後跟。「延頸舉踵」形容急切盼望的樣子。❾鄒陽：西漢人，以文章辯論知名。景帝時先後為吳王、梁孝王的門客，有人在孝王前說他的壞話，因被下獄。他從獄中上書自辯。梁孝王：漢文帝子，景帝弟。❿「魯聽季孫」句：季孫，即魯大夫季桓子，為魯國三大貴族之一。齊人曾送一套女樂給魯，季桓子故意叫定公接受了，從而荒廢政事，三天不上朝。迫使當時為朝官的孔子棄魯而去。

墨翟因為兼愛無父的緣故，孟子對之加以指責並批駁，乃至比作禽獸，然而這只是一時之論。到了漢代，往往以墨子配享孔子。《列子》載惠盎見宋康王，說：「孔丘、墨翟，沒有封地卻有君王的尊貴，沒有官職卻是人們的領袖，天下的男人女人，沒有不伸長脖子踮着腳願意從他們那裏得到安寧和利益的。」鄒陽給梁孝王上書說：「魯國聽從季孫的意見而趕走孔子，

宋任子冉之計囚墨子[11]。以孔、墨之辯，不能自免於讒諛[12]。」賈誼《過秦》云[13]：「非有仲尼、墨翟之知[14]。」徐樂云[15]：「非有孔、曾、墨子之賢[16]。」是皆以孔、墨為一等，列、鄒之書不足議[17]，而誼亦如此。韓文公最為發明孟子之學[18]，以為功不在禹下者，正以辟楊、墨耳。而著《讀墨子》一篇云：「儒、墨同是堯、舜，同非桀、紂，同修身正心以治天下國家。孔子必用墨子，墨子必用孔子。不相用，不足為孔、墨。」此又何也？魏鄭公《南史・梁論》亦有「抑揚孔、墨」之語[19]。

宋國用了子冉的計策而囚禁墨翟。憑孔丘、墨翟的善辯，竟不能使自己免於讒諛。」賈誼《過秦論》說：「不具有仲尼、墨翟的智慧。」徐樂說：「不具有孔子、曾參、墨子的賢能。」這些都是把孔子、墨子當做同一等級，列子、鄒陽的書不值得討論，而賈誼也是這樣。韓愈在發揮闡明孟子之學方面做得最為出色，認為孟子的功勞不在大禹之下，其緣由正是因他批駁了楊朱、墨子而已。而寫《讀〈墨子〉》一文時則說：「儒、墨一樣地贊成堯、舜，一樣地反對桀、紂，一樣地主張修身正心以治理天下國家。孔子一定會用墨子，墨子一定會用孔子，不相互用，就不足以為孔、墨。」這又是為甚麼呢？魏徵《南史．梁論》中也有「抑揚孔、墨」這樣的話。

⓫「宋任子冉」句：子冉，即宋大夫司城子罕。子罕在戰國初年事宋昭公，專擅國事。墨子此時也在宋任大夫。墨子被囚當在此時。⓬諛（yú）：用言語奉承。⓭賈誼：西漢政論家。《過秦》：《過秦論》，該篇總結秦朝滅亡的原因，希望西漢統治者引以為誡。⓮知：通「智」。該文說陳勝、吳廣沒有孔子、墨子之智，但卻能一呼百應。⓯徐樂：西漢人，武帝時舉賢良對策，遂得侍武帝左右，因上書言秦亡事以誡武帝。⓰曾：指孔子弟子曾參。其學說強調禮樂孝道。⓱列：指列子，即列禦寇，相傳為戰國時道家。但《列子》實為偽書。⓲發明：發揮闡明。⓳魏鄭公：魏徵，封鄭國公。他曾為《梁書》、《陳書》、《北齊書》作總論。「抑揚孔、墨」語見於《梁書》卷六《史臣侍中、鄭國魏公徵論》中。其中《梁書》、《陳書》為南朝史。抑揚：猶「褒貶」。

紫閣山村詩（續筆卷十五）

洪邁在這裏講述了宋徽宗時花石綱的禍害，同時又從白居易的詩篇中發現唐代也有類似的情況，真所謂古今同慨。

宣和間①，朱勔挾花石進奉之名②，以固寵規利③。東南部使者、郡守多出其門④，如徐鑄、應安道、王仲閎輩濟其惡⑤，豪奪漁取⑥，士民家一石一木稍堪玩⑦，即領健卒直入其家，用黃封表誌⑧，而未即取，護視微不謹，則被以「大不恭」罪⑨，及發行，必撤屋決牆而出⑩。人有一物小異⑪，共指為不祥，

宣和年間，朱勔借着花石進奉的名義，用來鞏固皇帝對自己的寵信，並從中牟利。東南各衙門的使者、郡守大多出於其門下，如徐鑄、應安道、王仲閎這一班人助紂為虐，強取豪奪，士人百姓家中有一石一樹稍微可供玩賞的，就帶着壯漢直闖進人家家裏，用黃色封條標識其上，而不馬上取走，看護得稍微不夠認真，就加以「大不恭」的罪名。到發取搬走時，一定要拆掉房屋，推倒牆壁弄出去。這樣一來，人家如有一樣東西稍微有些奇異，便都覺得是不祥之物，

❶宣和：宋徽宗年號（1119—1125）。❷朱勔（miǎn）：因諛事蔡京而得官。時取浙中奇石異卉進獻徽宗，政和中便設置應奉局於蘇州，勒取花石，由淮、汴轉運至京，凌虐百姓達二十年，後被殺。❸固寵：指借供奉花石討好徽宗以鞏固徽宗對自己的恩寵。規利：謀利。指朱勔在花石供奉中敲詐勒索，牟取私利。❹使者：指由皇帝派到地方的負有特殊使命的大臣，像轉運使、提刑按察使、提舉常平倉使均是。❺徐鑄：政和初提舉兩浙常平倉，後遷為杭州知州。應安道：曾官至徽猷閣直學士。王仲閎（hóng）：神宗朝宰相王珪之從子。濟：助成。❻豪：強橫。漁取：像捕魚一樣侵取。❼玩：欣賞。❽黃封：黃色封條，表示已為皇家所有。表志：標識。❾大不恭：大不敬，是不敬天子的重罪。❿撤：拆掉。決：排除阻礙。⓫異：奇異。

唯恐芟夷之不速⑫。楊戩、李彥創汝州西城所⑬，任輝彥、李士渙、王滸、毛孝立之徒⑭，亦助之發物供奉，大抵類勔⑮，而又有甚焉者。徽宗患其擾⑯，屢禁止之，然覆出為惡⑰，不能絕也。偶讀白樂天《紫閣山北村》詩⑱，乃知唐世固有是事⑲，漫錄于此：「晨游紫閣峯⑳，暮宿山下村。村老見予喜，為予開一罇。舉杯未及飲，暴卒來入門㉑。紫衣挾刀斧，草草十餘人㉒。奪我席上酒，掣我盤中飧㉓。主人退後立，斂手反如賓㉔。中庭有奇樹㉕，種來三十春。主人惜不得，持斧斷其根。口稱采造家，身屬神策軍㉖。主人切勿語，中尉正承恩㉗。」蓋貞元、元和間也㉘。

唯恐剷除得不快。楊戩、李彥創辦汝州西城所，任輝彥、李士渙、王滸、毛孝立之徒，也幫助他們徵發物品供奉朝廷，大致跟朱勔相似，而且變本加厲。徽宗擔心他們擾民，屢次下令禁止，然而仍重出作惡，不能禁絕。我偶爾讀到白居易《紫閣山北村》詩，才知道唐代已經有這一類事，便隨手抄錄於此：「晨游紫閣峯，暮宿山下村。村老見予喜，為予開一罇。舉杯未及飲，暴卒來入門。紫衣挾刀斧，草草十餘人。奪我席上酒，掣我盤中飧。主人退立後，斂手反如賓。中庭有奇樹，種來三十春。主人惜不得，持斧斷其根。口稱采造家，身屬神策軍。主人切勿語，中尉正承恩。」大概是貞元、元和年間的事。

⑫芟（shān）夷：削除。⑬楊戩（jiǎn）：宦官，徽宗即位後受寵信，官至彰化軍節度使、太傅。李彥：宦官。汝州：治所在今河南臨汝。西城所：宣和年間掌管公田的機構。楊戩初掌其事，負責搜求隱田，但常將民間美田指為天荒，沒收充公。李彥繼掌西城所，不但效楊戩故伎，而且大量徵用農民和耕畜，運送供奉物資，途中死者甚多。⑭王滸：此人在南宋曾為德州（今山東陵縣）通判。⑮類：似。⑯患：擔憂。擾：指擾民。⑰覆：同「復」。⑱《紫閣山北村》：今題《宿紫閣山北村》。⑲唐世：唐代。固：已，已經。⑳紫閣峯：終南山的一個支峯，在長安（今陝西西安）南。㉑卒：士兵。㉒草草：形容吵嚷不安的樣子。㉓掣（chè）：拽拉。飧（sūn）：飯食。㉔斂（liǎn）：拱手，表示恭敬。㉕中庭：庭院中。㉖神策軍：中晚唐時皇帝的禁衛軍。㉗中尉：神策軍長官，均由宦官擔任。㉘貞元：唐德宗年號（785—805）。元和：唐憲宗年號（806—820）。

酒肆旗望（續筆卷十六）

唐宋時酒店外邊多掛有酒旗望子，洪邁指出先秦時已有這種習俗，就是《韓非子》裏所說的「懸幟」。這也是一篇考證古今事物的好文章。

今都城與郡縣酒務①，及凡鬻酒之肆②，皆揭大帘於外③，以青、白布數幅為之④，微者隨其高卑小大，村店或掛瓶瓢⑤，標箒秆⑥。唐人多詠於詩。然則其制蓋自古以然矣⑦，《韓非子》云⑧：「宋人有酤酒者⑨，斗概甚平⑩，遇客甚謹⑪，為酒甚美，懸幟甚高⑫，而酒不售⑬，遂至於酸。」所謂「懸幟」者，此也。

❶ 都城：北宋有四京，即東京開封府（今屬河南）、西京河南府（今河南洛陽東）、南京應天府（今河南商丘南）、北京大名府（今河北大名）。酒務：售官酒的官署。宋初凡州縣皆置酒務。宋代又在東京、西京、南京實行官府造，批發成酒給酒戶，或自賣，亦設酒務。 ❷ 鬻（yù）：賣。肆：店。 ❸ 揭：舉。古代招幌是將幌繫於長竹竿上，然後揭舉於外。 ❹ 幅：布帛寬二尺二寸為幅。「數幅」則指四尺四寸以上。 ❺ 瓢：剖開葫蘆做成的盛酒器。 ❻ 標：舉。箒秆（gǎn）：稻草或高粱稈紮的帚把。酒是以稻米或高粱釀製而成，故揭舉箒稈以為幌子。 ❼ 以然：已然，已經這樣。 ❽《韓非子》：戰國末期法家韓非所著。該處所引見該書《外儲説右上》。 ❾ 酤（gū）：賣。 ❿ 斗（dǒu）概：二者均為古代的酒器，酌酒用。 ⓫ 遇客：待客。 ⓬ 幟：相當於後世的酒旗（酒幌）。 ⓭ 不售：賣不出去。據《韓非子》下文，「酒不售」是因為店內養有猛狗，客來則吠之。

今天都城和郡縣的酒務，以及一切賣酒的店舖，都掛一塊大簾在外面，用數幅青、白布製成，小的就按照店舖的高矮大小來設計，村店有的掛起瓶瓢，樹起箒稈。對此唐人在詩作中多有歌詠。但這種做法大概自古以來就已這樣了，《韓非子》說：「宋國有個賣酒的人，他的酌酒器非常公平，接待客人也非常恭敬，釀造的酒也很醇美，懸幟也很高，然而酒卻賣不出去，於是終於變酸了。」所謂「懸幟」就是這旗望。

上元張燈（三筆卷一）

上元張燈的風俗，到今天仍存在。洪邁在這裏考證出該風俗起源於西漢，到唐代張燈三夜，宋代增加到五夜，並批駁了俗傳錢俶買兩夜的說法。於此可見洪邁的博雅。

上元張燈①，《太平御覽》所載《史記・樂書》曰②：「漢家祀太一③，以昏時祠到明。」今人正月望日夜遊觀燈④，是其遺事。而今《史記》無此文⑤。唐韋述《兩京新記》曰⑥：「正月十五日夜，勑金吾弛禁⑦，前後各一日以看燈⑧。」本朝京師增為五夜⑨，俗言錢忠懿納土⑩，進錢買兩夜，

❶上元：舊以陰曆正月十五日為上元節，其夜為上元夜，即元宵。張：陳，設。❷《太平御覽》：類書名。宋太宗時，李昉等人奉命編輯。分天、時序、地等五十五個門類，分別收錄古書中的相關資料。此處所引見時序門。❸太一：漢代認為是天神之最尊貴者，實即天帝之別名。❹望日：即夏曆每月十五日。該日太陽西下時，月亮剛好從東面升起，呈現望月（滿月）的月相。❺「而今」句：現在所見《史記・樂書》有此文，且較此詳細。❻韋述：唐代文士，任史官二十年。《兩京新記》：記唐代西京長安和東京洛陽的坊寺宅觀、風俗習慣，今已殘缺。❼金吾：即執金吾，為京城治安長官；古代京城多實行宵禁，該官掌其事。弛禁：解除宵禁。❽前後各一日：加起來就是十四、十五、十六共三日。❾京師：京都。❿錢忠懿：錢俶，五代時吳越末代國君。太平興國三年（978）獻版圖於宋，被封為鄧王，死後謚忠懿。

上元節張設燈火的習俗，《太平御覽》所載《史記・樂書》說：「漢朝祭祀太一，從黃昏時祭祀到天亮。」今天人們在正月十五日夜遊看燈，是其遺事。而今本《史記》卻沒有這段文字。唐代韋述《兩京新記》說：「正月十五日晚，敕令執金吾解除宵禁，十五日前後各一天都用來看燈。」我朝京都增加到五晚，民間傳說是錢忠懿納土歸順時，獻錢買了兩晚，

如前史所謂買宴之比[11]，初用十二、十三夜，至崇寧初[12]，以兩日皆國忌[13]，遂展至十七、十八夜[14]。予按國史，乾德五年正月[15]，詔以朝廷無事，區寓乂安[16]，令開封府更增十七、十八兩夕[17]。然則俗云因錢氏及崇寧之展日，皆非也。太平興國五年十月下元[18]，京城始張燈如上元之夕。至淳化元年六月[19]，始罷中元、下元張燈[20]。

[11] 買宴：五代時皇帝召宴羣臣，而要參與宴會的人奉獻財物，叫做「買宴」。[12] 崇寧：宋徽宗年號（1102—1106）。[13] 國忌：本朝某皇帝去世的日子。[14] 展：寬延。[15] 乾德：宋太祖年號（963—968）。[16] 區寓乂安：寓，「宇」的古體字。區宇即指境域。乂（yì）安：安定，太平無事。[17] 開封府：北宋東京，皇帝所在地。即今河南開封。[18] 太平興國：宋太宗年號（976—984）。下元：仿上元，以夏曆十月十五日為下元節。[19] 淳化：宋太宗年號（990—994）。[20] 中元：以夏曆七月十五日為中元節。

就像前朝史書中所說的買宴那類事一樣，開始是用的十二、十三日晚，到崇寧初，因為這兩天都是國忌日，便延展到十七、十八日晚。我考察了國史，乾德五年（967）正月，下詔稱因為朝廷無事，宇內安寧，命令開封府再增加十七、十八兩個晚上。如此看來，民間所說因為錢氏以及崇寧年間延展兩天的說法，就都不對了。太平興國五年（980）十月下元節，京城開始像上元節的晚上那樣張設燈火。到淳化元年（990）六月，才停止在中元節、下元節張設燈火。

介推寒食（三筆卷二）

中國古代有斷火冷食的所謂寒食節，洪邁對它作了考訂，否定了相傳用來紀念介之推的說法，並發現寒食的時間古今也有差異，是一篇研究民俗的好文章。

《左傳》晉文公反國①，賞從亡者②，介之推不言祿③，祿亦弗及，推遂與母偕隱而死。晉侯求之不獲，以綿上為之田④，曰：「以志吾過⑤。」綿上者，西河介休縣地也⑥。其事始末只如此。《史記》則曰⑦：「子推從者書宮門，有『一蛇獨怨』之語⑧。文公見其書，使人召之，則亡⑨，聞其入綿上山中，於是環山封之，名曰介山。」雖與《左傳》稍異，而大略亦同。至劉向《新序》始云⑩：「子推怨於無爵齒⑪，去而之介山之上⑫。文公待之，不肯出，以謂焚其山宜出⑬，遂不出而焚死。」是後雜傳記，如《汝南先賢傳》⑭則云：「太原舊俗，以介子推焚骸⑮，

《左傳》記晉文公返國，賞賜跟隨他逃亡的人，介之推沒有提出封邑爵祿的要求，封賞也沒有落到他身上，介之推便與母親一起歸隱而死。晉文公尋找他而沒找到，就把綿上作為他的封邑，說：「以此來銘記我的過錯。」綿上就是西河介休縣一帶。事情的始末只是這樣。《史記》則說：「隨從子推的人在宮門上寫有「一蛇獨怨」的話。文公看到，派人去召介之推，而介之推已經跑了，聽說他進了綿上山中，於是便環山都封作他的田邑，而稱之為介山。《史記》所記雖然與《左傳》稍有差

一月寒食。」《鄴中記》云⑯：「并州俗⑰，冬至後一百五日，為子推斷火冷食三日。

❶晉文公：名重耳，晉獻公之子。獻公末年聽信驪姬讒言，害死太子申生。獻公諸子紛紛出逃，重耳流亡在外十九年，後由秦穆公發兵護送回國，公元前636年被立為晉君，是春秋五霸之一。反：同「返」。返回。❷從亡者：重耳逃亡時隨同侍從的人，像狐偃、趙衰等人都是；介之推也是其中一員。晉文公賞賜從亡者而遺漏介之推一事見《左傳・僖公二十四年》。❸介之推：又作「介子推」，即介推，「之」、「子」均為加於名字中間的襯音字。祿：指封邑、爵祿。《史記・晉世家》：「文公賞從亡者及功臣，大者封邑，小者尊爵」。❹田：封邑。這是在介推死後封賞其功。❺志：記。過：過錯。❻西河介休縣：今山西介休。綿上在今介休東南。❼「《史記》則曰」句：見《史記・晉世家》。《晉世家》說晉文公正賞賜從亡者時，周朝發生王子帶之亂，文公忙於勤王平亂，故未賞賜到介推。介推因謂文公即位是天意，非人力，不當受其祿，便偕其母親一起歸隱。❽「一蛇獨怨」句：此是介推從者懸書宮門之語，全文為：「龍欲上天，五蛇為輔；龍已升雲，四蛇各入其宇；一蛇獨怨，終不見處所。」所謂「一蛇」即指介推。❾亡：跑掉。❿劉向：西漢學者，官至中壘校尉，曾整理宮廷藏書，撰成目錄。《新序》：分「雜事」、「刺奢」、「節士」、「善謀」等門類，採集舜、禹至漢代史實，編纂成書，所記事實與《左傳》、《史記》等頗有出入。此處所引見《新序・節士》。⓫爵齒：爵位，「齒」有位列之義。⓬去：離開。之介山：到介山。⓭以謂：以為。⓮《汝南先賢傳》：魏周斐撰。⓯骸（hái）：屍骨。⓰《鄴中記》：晉陸翽撰。記十六國時後趙皇帝石虎的逸事。唐肅宗，代宗時馬溫作有《鄴都故事》，此書現多摻入《鄴中記》。⓱并州：東漢至南北朝時，治所在今山西太原西南。

異，但大致也相同。到了劉向《新序》才說：「子推埋怨沒有爵位，出走到了介山之上。文公等待着他，他卻不肯出來，文公以為放火焚山就應當出來，他終究不願出來而被燒死了。」此後的雜傳記史，如《汝南先賢傳》則說：「太原舊俗，因為介子推屍骨被燒，而寒食一個月。」《鄴中記》說：「并州的習俗，在冬至後一百零五天，為子推停火冷食三天。

魏武帝以太原、上黨、西河、雁門皆沍寒之地⑱，令人不得寒食，亦為冬至後百有五日也。」按《後漢書・周舉傳》云：「太原一郡，舊俗以介子推焚骸，有龍忌之禁。至其亡月，咸言神靈不樂舉火⑲，由是士民每冬中輒一月寒食⑳，莫敢煙爨㉑。舉為并州刺史，乃作弔書置子推廟㉒，言盛冬去火，殘損民命，非賢者之意。宣示愚民㉓，使還溫食。於是眾惑稍解㉔，風俗頗革㉕。」然則所謂寒食，乃是冬中，非今節令二三月間也。

⑱ 魏武帝：曹操。上黨：郡名，治所在今山西襄垣南。西河：郡名，治所在今山西汾陽。雁門：郡名，治所在今山西代縣西。沍（hù）：凍結。沍寒指天氣嚴寒，積凍不開。⑲ 咸：都。舉火：生火做飯。⑳ 輒（zhé）：總是。㉑ 爨（cuàn）：燒火煮飯。㉒ 弔書：悼念之文。置：放到。㉓ 宣示：佈告。㉔ 惑：迷惑，指對介推的迷信。㉕ 革：變易。

魏武帝因太原、上黨、西河、雁門都是冰天雪地，命令人們不准寒食，也是在冬至後一百零五天。」按《後漢書・周舉傳》說：「太原一郡，舊俗因介子推被焚屍，而有龍忌之禁。到了他死的那一個月，都說神靈不喜歡人們生火，因此士民每年冬天總是有一個月寒食，不敢生火做飯。周舉任并州刺史時，便寫一篇悼文放到子推廟中，說隆冬不用柴火，損害到百姓的生命，不是賢者的本意，所以佈告愚民，叫他們仍舊吃熱食。於是羣眾的迷惑稍得破除，風俗頗有變革。」這樣說來，所謂寒食是在冬天，不是如今節令在二三月之間。

北狄俘虜之苦（三筆卷三）

女真人建立的金國和宋朝相比，社會發展較為落後，因而在對待被俘虜的宋人上顯得十分野蠻殘酷。洪邁在這裏列舉事實，用來激發宋人的愛國心情。清代坊刻本《容齋隨筆》怕觸犯同是女真族的清統治者，把這一條刪掉了，明刻本則都有這一條。

元魏破江陵①，盡以所俘士民為奴，無問貴賤，蓋北方夷俗皆然也。自靖康之後②，陷於金虜者③，帝子王孫，宦門仕族之家④，盡沒為奴婢⑤，使供作務⑥。每人一月支稗子五斗，令自舂為米⑦，得一斗八升，用作餱糧⑧；歲支麻五把，令緝為裘⑨，此外更無一錢一帛之入。男子不能緝者，則終歲裸體。虜或哀之，則使執爨⑩，雖時負火得煖氣⑪，然才出外取柴歸，再坐火邊，皮肉即脫落，不日輒死。惟喜有手藝，如醫人、繡工之類，尋常只團坐地上⑫，以敗席或蘆藉襯之⑬，遇客至開筵⑭，引能樂者使奏技；酒闌客散⑮，各復其初，依舊環坐刺繡，任其生死，視如草芥⑯。

西魏攻破江陵時，把所俘虜的官員百姓全部沒入為奴隸，不管他們的地位是高貴還是低賤，大概北方夷俗都是這樣。從靖康以來，淪落到金人手中的，包括帝子王孫、世代做官的人家，全都沒入為奴婢，讓他們去幹賤活。每人一月發給五斗稗子，叫他們自己舂成米，可以得到一斗八升，這些米就用來做乾糧；一年發給五把麻，叫他們編織成褐裘，除此之外再沒有一錢一帛的收入。不會織裘的男人，就終年裸着身體。金人有時可憐他們，就叫他們燒火做飯，雖然常常靠火得到些暖氣，但是剛剛出外取

先公在英州⑰，為攝守蔡寯言之⑱，蔡書於《甲戌日記》⑲，後其子大器錄以相示。此《松漠紀聞》所遺也⑳。

❶元魏：一般指北魏，因為北魏孝文帝將皇族的本姓拓跋改為元，故稱元魏。而這裏指西魏，西魏皇帝仍是元氏，所以仍可稱之為元魏。西魏廢帝元欽三年（554），派于謹等率兵向南朝的梁進攻，打破了梁都城江陵（今湖北江陵），把百官平民十多萬人俘往長安。❷「自靖康」句：靖康元年間，金人滅北宋。南宋建炎年間，金人又多次南下騷擾。❸虜：對敵人的蔑稱。❹宦、仕：均指做官。❺沒（mò）：沒入。❻作務：工作，幹活。❼舂（chōng）：用杵臼搗去穀物的皮殼。❽餱（hóu）糧：乾糧。❾緝（jī）：把麻析成縷連接起來。裘（qiú）：即裘褐。一種粗陋的衣服。❿爨（cuàn）：炊具。執爨，指燒火做飯。⓫負：依靠。⓬團坐：即圍成圓圈而坐。⓭敗：破爛。蘆：蘆葦。襯（chèn）：襯墊。⓮筵（yán）：酒席。⓯闌（lán）：殘盡，將盡。⓰草芥（jiè）：小草。喻指卑微的東西。⓱先公：已故父親，指洪皓。英州：今廣東英德。洪皓出使金國回來後，因遭秦檜陷害，被流放英州。⓲攝守：暫時代理州太守職務的稱攝守。寯，音jùn。⓳甲戌：即紹興二十四年（1154）。《甲戌日記》今失傳。⓴《松漠紀聞》：洪皓所作。皓出使金國十五年，隨記見聞，集錄為書。他在金國時，長期住在冷山，這是過去唐代松漠都督府所在地，故書名為《松漠紀聞》。

柴，回來再坐到火邊時，皮肉就脫落了，過不了幾天就死了。只喜歡有手藝的人，像醫生、繡工之類。平常只是讓他們圍成圈坐在地上，用破爛蓆子或蘆葦墊着，遇着來了客人開宴時，就領來會奏樂的人獻技，飲酒將盡，客漸散去，便各自回到原來的地方，依舊圍坐着刺繡，任憑他們生死，把他們看做草芥一般。先父在英州時，跟代理太守的蔡寯說起這件事，蔡寯把它寫入《甲戌日記》，後來他的兒子蔡大器抄下來給我看。這是《松漠紀聞》所遺漏的。

吏胥侮洗文書（三筆卷四）

封建社會裏，胥吏的作惡尤甚於官員。洪邁在這裏以親身的經歷揭示胥吏有洗改文書的本領，以此來欺詐百姓，其危害可想而知。

郡縣胥吏①，揩易簿案②，鄉司尤甚③。民已輸租稅④，朱批於户下矣⑤，有所求不遂⑥，復洗去之，邑官不能察⑦，而又督理⑧。比其持赤鈔為證⑨，則追逮橫費⑩，為害已深。此特小小者耳⑪，台省亦然⑫。予除翰林日，所被告命後擬云⑬：「可特授依前正奉大夫充翰林學士⑭。」蓋初書黃時全文⑮，

❶胥吏：古代官府中掌理文書簿籍的小吏。❷揩易：擦改。簿案：官署中的文書簿冊及案卷。❸鄉司：縣以下的鄉村基層行政機構。宋代縣以下設保甲機構。❹輸：交納。租稅：國家的賦稅。❺戶下：簿籍中戶主名下。❻遂：如願。❼邑（yì）官：縣官。❽督理：督促辦理。❾比：待到。赤鈔：古時官府徵收錢物後所給的單據。❿追逮：追索逮捕。⓫特：只是。⓬台省：這裏指宋神宗改革官制以後的尚書省、中書省、門下省。翰林：即翰林學士，負責為皇帝起草詔令。⓭告命：是官員的委任狀，官員升、改官職時均頒告命。先由官告院預先撰寫，再由吏部核准並施以不同裝幀封面和貯袋。⓮正奉大夫：是文官的階官稱號，位在第六階，正四品上。所謂階官，即表示官員身份等級的稱號。階官的升遷主要依據資歷、政績考核，定期升移。這句意思是說階官依前不變，特授翰林學士。⓯書黃：中書省草擬詔令，經皇帝審閱批覆後，另以黃紙謄抄送門下省，頒下執行。此一過程叫「書黃」。

郡縣的胥吏，擦改簿籍案卷，鄉里尤其厲害。百姓已經交了賦稅，在戶主名下已用朱筆批了，如有甚麼要求沒能如願，又將朱批洗掉，縣官不能發覺，而又督促辦理。等到百姓拿來赤鈔作為證明，則已被追逮折磨，受到的損害已很深了。這還只算是小小的事，台省也會如此。我被授予翰林學士的時候，所加告命後草擬說：「可特授依前正奉大夫充翰林學士。」大概開始書黃時全文如此，

故官告院據以為式⑯，其制當爾。而告身全銜亦云「告正奉大夫充翰林學士」⑰，予以語吏部蕭照鄰尚書曰⑱：「如此則學士繫銜在官下⑲，於故事有戾⑳，今欲書謝表㉑，當如何？」蕭悚然㉒，旋遣部主事與告院書吏至㉓，乞借元告以去㉔。明日持來，則已改正，移職居官上㉕，但減一「充」字㉖，於行內微覺疏，其外印文、濃淡了無異㉗，其妙至此。

---

⑯官告院：官署名。屬尚書省。掌文武官員告命製作。⑰告身：即告命。銜：官銜。⑱吏部：即尚書省吏部。元豐改制後，吏部統管文武官員告身。⑲官：階官。⑳故事：成例。指官府文書中相承的格式。此處所説成例起於五代後唐時，宋代沿襲。參見《石林燕語》卷三。戾（lì）：違背。㉑謝表：官員到任後呈給皇帝的謝恩之奏文。謝表開頭按告命所定官職來自稱。㉒悚（sǒng）然：恐懼貌。㉓旋：不久，立即。部主事：即吏部具體負責告身的官員。㉔元：原。㉕職：指職事官，負有實際責任的官職。這裏的「翰林學士」即是職事官。官：指階官。㉖但：只是。充：充任。告命證明既成事實，與皇帝所頒的授官詔令有別，故不説「充」。㉗了：全。

所以官告院把它當做樣式，按規定應當是這樣。然而告身全銜也說「告正奉大夫充翰林學士」，我把這事告訴吏部尚書蕭照鄰，說：「像這樣就使學士官銜繫在階官之下了，跟成例相違背，現在我要寫謝表，該怎麼辦呢？」蕭照鄰現出惶恐的樣子，立即派來吏部主事和官告院書吏，向我借去了原來的告身。明天拿來時，則已改正，將職事官稱移到階官之上，只去掉了一個「充」字，字行內看來稍微有點稀疏，此外的印章和墨色濃淡完全沒有區別，其妙到了這個地步。

東坡慕樂天（三筆卷五）

洪邁在這裏探討蘇軾如何仰慕白居易，連他自稱東坡居士也是仰慕白居易的緣故。這種研討古代作家的方法和思路，仍值得我們繼承學習。

蘇公責居黃州①，始自稱東坡居士②。詳考其意③，蓋專慕白樂天而然。白公有《東坡種花》二詩云：「持錢買花樹，城東坡上栽。」又云：「東坡春向暮④，樹木今何如？」又有《步東坡》詩云：「朝上東坡步，夕上東坡步。東坡何所愛？愛此新成樹。」又有《別東坡花樹》詩云：「何處殷勤重回首⑤？東坡桃李種新成。」皆為忠州刺史時所作也⑥。蘇公在黃，正與白公忠州相似。因憶蘇詩，如《贈寫真李道士》云⑦：「他時要指集賢人⑧，知是香山老居士⑨。」《贈善相程傑》云：「我似樂天君記取，華顛賞遍洛陽春。」《送程懿叔》云：「我甚似樂天，但無素與蠻⑩。」《入侍邇英》云⑪：

蘇軾被貶謫到黃州任職時，才自稱「東坡居士」。審察他的本意，大概是專為仰慕白居易才這樣稱的。白公有兩首《東坡種花》詩說：「持錢買花樹，城東坡上栽。」又說：「東坡春向暮，樹木今何如？」又有《步東坡》詩說：「朝上東坡步，夕上東坡步。東坡何所愛？愛此新成樹。」又有《別東坡花樹》詩說：「何處殷勤重回首？東坡桃李種新成。」都是他擔任忠州刺史時所作的。蘇公在黃州，正和白公在忠州時相似。我因而想起蘇軾的一些詩，如《贈寫真李道士》

「定似香山老居士⑫，世緣終淺道根深⑬。」而跋曰⑭：「樂天自江州司馬除忠州刺史，旋以主客郎中知制誥⑮，遂拜中書舍人⑯，某雖不敢自比，然謫居黃州，起知文登⑰，召為儀曹⑱，

❶「蘇公」句：蘇軾在宋神宗元豐年間貶為黃州團練副使。黃州：治所在今湖北黃岡。
❷居士：佛教指在家修行的信眾為居士。唐宋士人喜歡以居士自號，以顯示其清高。
❸詳：審察。❹向：近。「春向暮」意為春將晚，已經進入暮春時節。❺殷勤：情意懇切。重（chóng）：多次。❻忠州：治所在今重慶忠縣。白居易得罪朝廷權貴，被貶為江州司馬後，十二年（817）又移任忠州刺史。❼寫真：指繪肖像畫的人。
❽集賢人：白居易在元和元年（806）調到長安西邊的盩厔（zhōu zhì）任縣尉，授集賢校理。❾香山老居士：白居易晚年退居洛陽香山，自號香山居士。❿素與蠻：指白居易所養的女伎樊素、小蠻，樊素善歌，小蠻善舞。⓫邇（ěr）英：邇英殿，宋代宮殿之一。⓬定：的確。⓭世緣：指在世間享受富貴的緣分。道根：道性。
⓮跋（bá）：寫在文章後面的文字，以說明寫作經過。⓯主客郎中：即禮部主客司的長官，負責接待少數民族使節並安排他們朝見等事務。⓰「遂拜」句：白居易在唐穆宗長慶三年（823）被任命為中書舍人。⓱文登：即指登州，治所在今山東蓬萊，州境內有文登山。哲宗即位時，任命蘇軾為登州知州。⓲儀曹：指禮部之下的禮部司，禮部司專掌禮儀事宜，故稱「儀曹」。

說：「他時要指集賢人，知是香山老居士。」《贈善相程傑》說：「我似樂天君記取，華顛賞遍洛陽春。」《送程懿叔》說：「我甚似樂天，但無素與蠻。」《入侍邇英》說：「定似香山老居士，世緣終淺道根深。」而詩跋說：「白居易從江州司馬調任忠州刺史，不久以主客郎中身份知制誥，接着便正式任命為中書舍人。本人雖不敢拿他自比，但是貶官到黃州，起復為登州知州，召儀曹，

遂忝侍從[19]，出處老少[20]，大略相似，庶幾復享晚節閑適之樂[21]。」《去杭州》云：「出處依稀似樂天，敢將衰朽較前賢。」序曰：「平生自覺出處老少粗似樂天。」則公之所以景仰者，不止一再言之，非東坡之名偶爾暗合也。

❶❾ 忝（tiǎn）：辱沒，玷污，此處為謙詞，蘇軾由禮部司郎中升遷起居舍人，此均為侍從官。❷⓿ 出處：做官和退隱。❷❶ 庶幾：也許可以。

於是忝居侍從。進退履歷大致相似，也許可以再享晚年的閒適之樂。」《去杭州》說：「出處依稀似樂天，敢將衰朽較前賢。」詩序說：「平生自覺進退履歷略似樂天。」則蘇公景仰白居易的原因不止一再說到，並非東坡之名偶然暗合。

杜詩誤字（三筆卷六）

古代詩文在傳抄刊刻中常會抄錯刻錯，因此需要校勘。洪邁在這裏校出杜詩的三處錯誤，都是用的理校方法，這在校勘學上是一種最高妙的方法。

李適之在明皇朝為左相①，為李林甫所擠去位②，作詩曰：「避賢初罷相③，樂聖且銜杯④。為問門前客，今朝幾個來⑤？」故杜子美《飲中八仙歌》⑥云：「左相日興費萬錢⑦，飲如長鯨吸百川⑧，銜杯樂聖稱避賢。」正詠適之也⑨。而今所行本誤以「避賢」為「世賢」，絕無意義，兼「世」字是太宗諱⑩，豈敢用哉？《秦州雨晴》詩云⑪：「天永秋雲薄，從西萬里風。」謂秋天遼永⑫，風從萬里而來，可謂廣大。而集中作「天水」，此乃秦州郡名⑬，若用之入此篇，其致思淺矣⑭。《和李表丈早春作》云⑮：「力疾坐清曉⑯，來詩悲早春。」正答其意。而集中作「來時」，殊失所謂和篇本旨。

李適之在玄宗朝為左相，被李林甫排擠而離開了相位，作詩說：「避賢初罷相，樂聖且銜杯。為問門前客，今朝幾個來？」所以杜甫《飲中八仙歌》說：「左相日興費萬錢，飲如長鯨吸百川，銜杯樂聖稱避賢。」正是詠李適之。而今天通行本誤把「避賢」刻作「世賢」，絕無意義，並且「世」字是唐太宗的名諱，怎敢用呢？《秦州雨晴》詩說：「天永秋雲薄，從西萬里風。」是說秋日天空遼闊遠長，風從萬里而來，可稱得上廣大。而集中寫做「天水」，這是秦州郡名，如果將其寫進此篇，興味就淺薄了。《和李表丈早春作》說：「力疾坐清曉，來詩悲早春。」正是回答李表丈的原詩的意思。而杜集中作「來時」，大失所謂和詩的本意。

❶李適之：唐宗室恒山王李承乾之孫，天寶初為左相，與右相李林甫不和，被李林甫陷害，免相，後又貶為宜春太守，最後服藥自盡。左相：天寶初改門下省長官侍中為左相，改中書省長官中書令為右相。❷李林甫：唐代權臣。開元後期以禮部尚書同中書門下三品，天寶初年，升為右相，他慣於排斥異己，對人表面友好而暗加陷害。擠：陷害。❸避賢：退位以讓賢者。❹樂聖：享聖世之樂。銜杯：指飲酒。❺「為問」二句：李適之在位時賓客眾多，一旦離位，便很少有人上門。❻《飲中八仙歌》：杜甫在該詩中描繪了開元、天寶年間賀知章、李適之、李白、張旭等八位文人才子嗜酒且豪放、曠達的生動形象。❼日興：指每天所設酒宴。❽鯨（jing）：鯨魚。百川：指百川之水，川即河流的意思。❾「正詠」句：唐劉肅《大唐新語・識量》中已明言此事。❿太宗：唐太宗李世民。諱：名諱。本朝人一般都須為本朝皇帝避諱。⓫《秦州雨晴》：今本杜詩只題《雨晴》，這首詩是杜甫乾元初在秦州所作，為區別於集中另一首《雨晴》詩，故此處稱《秦州雨晴》。秦州：治所在今甘肅天水。⓬「謂秋天」句：這一句是解釋詩中「天永」一詞的。遼永：遼闊遠長。杜甫《陂西南台》有「天水相與永」句，「永」也是這個意思。⓭「此乃」句：唐天寶時曾改秦州為天水郡。⓮致思：興味、涵意。⓯《和李表丈早春作》：即《奉酬李都督表丈早春作》。⓰力疾：勉強支撐病體。

代宗崇尚釋氏（三筆卷七）

封建時代皇帝往往迷信宗教。洪邁在這裏指出唐代宗尊崇胡僧不空的錯誤，也可能要古為今用，用來指責宋徽宗等迷信道教的失策。

唐代宗好祠祀①，未甚重佛。元載、王縉、杜鴻漸為相②，三人皆好佛。上嘗問以「佛言報應③，果為有無」，載等奏：「國家運祚靈長④，非宿植福業⑤，何以致之？福業已定，雖時有小災，終不能為害，所以安、史有子禍⑥，僕固病死⑦，回紇、吐蕃不戰而退⑧，此皆非人力所及。」上由是深信之，

❶祠祀：祭祀祖先及天地、山川神靈以求福佑。❷元載：唐權臣，肅宗時即拜相，代宗時遷中書侍郎同中書門下平章事。王縉（jìn）：詩人王維弟。代宗初年拜黃門侍郎同平章事。杜鴻漸：代宗初年以兵部侍郎同中書門下平章事。❸報應：即因果報應。認為某一世種的因，在另一世便會產生果，善因得善果，惡因便得惡果。❹運祚（zuò）：國家的命運。靈長：綿延久長。❺宿：過去，前世。植：種。業：佛教名詞，指人們在心、口、意三方面的活動，稱為「三業」，善業有善報，惡業有惡報。❻安、史有子禍：至德二載（757），安祿山被其子慶緒所殺，唐遂收復西京。乾元四年（761），史思明為其子朝義所殺，不久，這場叛亂被平定。❼僕固：僕固懷恩，原為郭子儀部下。代宗即位初年，他引回紇、吐蕃兵攻唐，後病死於靈武。❽回紇：見P69《唐詩無諱避》注66。吐蕃（bō）：古藏族政權。僕固引回紇、吐蕃攻唐時，郭子儀曾説服回紇聯唐拒吐蕃，故不戰而退。

唐代宗喜愛祭祀求神，本不太敬重佛教。元載、王縉、杜鴻漸作宰相，三人都喜好佛教。皇上曾問他們「佛説報應，到底是有還是沒有」，元載等奏道：「國家運祚綿延久長，若非前世種下福業，怎能致此？福業已定，縱使不時有些小災難，終究不能為害，所以安祿山、史思明有被兒子殺害的災禍，僕固懷恩得病而死，回紇、吐蕃不戰而退，這些都不是人力所能做到的。」皇上因此深信，

常於禁中飯僧[9]，有寇至則令僧講《仁王經》以禳之[10]，寇去則厚加賞賜。胡僧不空，官至卿、監[11]，爵為國公[12]，出入禁闥[13]，勢移權貴[14]，此唐史所載也[15]。予家有嚴郢撰《三藏和尚碑》[16]，徐季海書[17]，乃不空也，云「西域人[18]，氏族不聞於中夏[19]，玄、肅、代三朝皆為國師。代宗初以特進、大鴻臚褒表之[20]。及示疾，又就臥內加開府儀同三司、肅國公[21]，既亡，廢朝三日[22]，贈司空[23]」。其恩禮之寵如此。同時又有僧大濟，為帝常修功德[24]，至殿中監[25]，贈其父惠恭兗州刺史[26]，官為營辦葬事，有勑葬碑，今存。時兵革未盡息[27]，元勳宿將，賞功賦職[28]，不過以此處之，顧施之一

常在皇宮內施捨僧人飯食，有敵兵來到就叫他們唸誦《仁王經》以辟邪消災，敵兵離去就重加賞賜。胡僧不空，官做到卿、監，爵位是國公，出入皇宮，勢傾權貴，這是唐史所記載的。我家有嚴郢撰作的《三藏和尚碑》，徐季海所書寫，就是不空，說是「西域人，氏族不為中原所知，玄宗、肅宗、代宗三朝都擔任國師。代宗初年以特進、大鴻臚褒揚他，待到他告病時，又到臥室內加授開府儀同三司、肅國公，死後，為之罷朝三天，追贈他司空」。其恩寵禮遇達到如此地步。同時

僧㉙，繆濫甚矣㉚！

❾「常於禁中飯僧」句：飯僧，施捨僧人飯食。代宗常叫僧人在宮中設道場，唸經誦佛。史稱「其飲膳之厚，窮極珍異」。❿《仁王經》：為護國三部經之一，相傳講誦此經，國家能得神佛護祐，七難不起，災害不生，萬民豐樂。禳（ráng）：祭禱消災。⓫卿：指九卿。不空曾被任命為大鴻臚，即為九卿之一。監：唐代中央的祕書省、殿中省之類機構的長官稱「監」。卿、監的品位都是很高的。⓬爵：唐代有職事官、散官、勳官、爵之分，國公是爵，從一品。⓭闥（tà）：宮中小門。禁闥即禁中。⓮移：傾移，動搖。⓯「此唐史」句：見《舊唐書‧王縉傳》。⓰嚴郢（yǐng）：唐代宗初年為監察御史，大曆末拜京兆尹。三藏：本為佛教經典的總稱。後把通曉三藏的僧人尊稱為三藏和尚。⓱徐季海：唐代書法家徐浩，字季海。⓲西域：漢以來對玉門關（今甘肅敦煌西北）以西地區的總稱。⓳氏族：指姓氏家世之類。中夏：中原華夏。⓴特進：階官稱號，是文散階第二級，正二品。大鴻臚（lú）：負責朝祭禮儀之贊導。大鴻臚在漢代即是九卿之一，唐代的正式官稱是鴻臚寺卿，職掌與漢代略有區別。㉑開府儀同三司：是文散階（文官的階官）第一級的稱號。㉒廢朝：停止上朝。㉓司空：唐代三公之一，正一品，是一種很高的名譽官銜。㉔功德：指誦經唸佛之事。㉕殿中監：殿中省長官，從三品，掌服侍皇帝等事。㉖兗（yǎn）州：治所在今山東兗州。㉗兵革：戰爭。㉘元勳：指對國家開創或再造有極大功績的人。宿將：老將。賦：授予。㉙顧：反而，卻。㉚繆：同「謬」。濫：指賞賜時無節制。

又有僧人大濟，為皇帝經常修功德，官做到殿中監，追贈他父親惠恭為兗州刺史，官府為他辦理安葬事宜，有敕葬的碑，現在還在。當時戰爭尚未完全止息，元勳宿將因功受賞及授予官職，也不過如此待遇，現在卻將這些用在一個僧人身上，真是太錯謬而沒有節制了！

唐賢啟狀（三筆卷八）

唐代文士多擅長做詩，如第五琦並無詩名，洪邁從唐賢啟狀中發現他的詩確有佳句，從而得出了「唐人工詩者多，不必專門名家而後可稱」的結論。

故書中有《唐賢啟狀》一冊①，皆泛泛緘題②。其間標為獨孤常州及、劉信州太真、陸中丞長源、呂衡州溫者③，各數十篇，亦無可傳誦。時人以其名士，故流行至今。獨孤有《與第五相公書》云④：「垂示《送丘郎中》兩詩⑤，詞清興深⑥，常情所不及。『陰天聞斷雁⑦，夜浦送歸人⑧。』醲麗閑遠之外⑨，

舊書中有《唐賢啟狀》一冊，都是些普通的書信題目，其中標為獨孤及刺史、劉太真刺史、陸長源中丞、呂溫刺史的，各有數十篇，也沒有甚麼值得傳誦的。世人因為他們是名士，所以流傳至今。獨孤及有《與第五相公書》，說：「垂示《送丘郎中》兩詩，詞句清新而起興有深意，是一般人的情思所達不到的。『陰天聞斷雁，夜浦送歸人。』在詩味濃郁而意境悠遠之外，

❶啟狀：手狀，書信。❷緘（jiān）題：本指信函封端，這裏指收入《唐賢啟狀》的書信的題目。❸獨孤常州及：唐文學家獨孤及，代宗時官終常州刺史。劉信州太真：劉太真，代、德宗時以詩文聞名，官終信州刺史。陸中丞長源：陸長源，唐德宗貞元初由江淮轉運使韓滉推薦，中央命其為檢校郎中兼中丞，充轉運副使。呂衡州溫：呂溫，德宗貞元年間為右拾遺，文章為一時推重，後貶為衡州刺史。❹第五相公：第五琦，從玄宗末年到代宗時，管理國家財政十餘年，肅宗乾元年間拜相，他通過食鹽專賣、鑄造新幣等措施搜集財物，為時議所攻。❺垂示：稱人家送來看叫「垂示」。垂是俯的意思。郎中：六部下各司的長官。❻興：詩歌表現手法之一。以他事引起此事叫「興」。❼斷雁：失羣的雁。❽浦（pǔ）：水濱。❾醲：通「濃」，濃厚。麗：濃郁秀麗。閑遠：悠遠，閒逸。

文句窈窕悽惻⑩，比頃來所示者⑪，才又加等。但吟誦歎詠，大談於吳中文人耳⑫。」又云：「昨見《送梁侍御》六韻⑬，清麗妍雅⑭，妙絕今時，掩映《風》、《騷》⑮，吟諷不足⑯。」按第五琦乃聚斂之臣⑰，不以文稱，而獨孤奬重之如此⑱。觀表出十字，誠為佳句，乃知唐人工詩者多⑲，不必專門名家而後可稱也。

⑩窈窕（yǎo tiǎo）：深遠貌。淒惻：哀傷。⑪頃來：不久前。⑫「但吟誦」二句：第五琦本官為江淮租庸使等，故此處言及吳中。⑬侍御：即侍御史，但唐代多以檢校御史中丞、檢校侍御史等作為外官的加銜。⑭妍（yán）雅：美妙高雅。⑮掩映：互相映照。《風》、《騷》：指《詩經》和《楚辭》。《詩經》中的「國風」部分和《楚辭》中的《離騷》，都是古代影響深遠的重要作品，故常以「風騷」並舉。⑯諷：朗誦。吟諷不足：指僅吟誦還嫌不盡意，恨不得手之舞之，足之蹈之。⑰聚斂：搜刮財貨。⑱奬：稱讚，誇奬。⑲工：擅長。

文句也顯得幽思悽惻，跟前不久所寄示的詩篇相比，才氣又提高了一等，只需吟誦歎詠，便可為吳中文人所稱頌。」又說：「昨日讀到《送梁侍御》六韻，清新妍麗而高雅，妙絕今世，可與《風》、《騷》相輝映，吟誦再三還嫌不夠。」按第五琦是聚斂之臣，不以文章著稱，然而獨孤及卻這樣讚揚推崇他。看所標出來的十個字，確實是佳句，可知唐人善於寫詩的很多，並非一定要專門名家才可稱道。

鈷鉧滄浪（三筆卷九）

洪邁在這裏列舉鈷鉧、滄浪兩處名勝，指出不遇名人賞識便將埋沒無聞。並由此來慨歎士人被人賞識獎掖的偶然性。

柳子厚《鈷鉧潭西小丘記》云[1]：「丘之小，不能一畝[2]。問其主，曰：『唐氏之棄地，貨而不售[3]。』問其價，曰：『止四百。』予憐而售之[4]。以茲丘之勝[5]，致之灃水鄠杜[6]，則貴游之士爭買者，日增千金而愈不可得。今棄是州也，農夫漁父過而陋之[7]，賈四百[8]，連歲不能售。」蘇子美《滄浪亭記》云[9]：「予遊吳中，過郡學東，顧草樹鬱然，崇阜廣水[10]，不類乎城中。並水得微徑於雜花修竹之間[11]，東趨數百步，有棄地，三向皆水，旁無民居，左右皆林木相虧蔽[12]。予愛而裴回[13]，遂以錢四萬得之。」予謂二境之勝絕如此，至於人棄不售，安知其後卒為名人賞踐[14]？如

柳宗元《鈷鉧潭西小丘記》說：「丘之小，不足一畝。打聽它的主人是誰，有人說：『這是唐氏的棄地，想出售卻賣不出去。』問它的價錢，說：『只要四百。』我很喜歡它便把它買下來了。」憑這個山丘的佳妙，如果把它搬到灃水、鄠、杜那些地方，那麼愛好遊山玩水的人，必定爭相購買，每天增價千金也越發不能得到。現在拋棄在這個州中，連農夫漁父從這裏經過，也看不上眼，價格低到四百，還多年賣不出。」蘇舜欽《滄浪亭記》說：「我遊吳中，經過郡學東邊，看到草木繁

滄浪亭者，今為韓蘄王家所有⑮，價直數百萬矣⑯。但鈷鉧復埋沒不可識。士之處世，遇與不遇⑰，其亦如是哉！

❶柳子厚：柳宗元，字子厚，曾參與王叔文等人的政治活動，失敗後被貶為永州司馬。永州即今湖南零陵。《鈷鉧（gǔ mǔ）潭西小丘記》：柳宗元所作《永州八記》之一。鈷鉧潭，形似鈷鉧（熨斗），在愚溪中。其西有一小丘，該篇記小丘山石詭譎、竹木掩映的景致，並感慨小丘的「貨而不售」。❷不能：不足。❸貨：出賣。售：賣出。不售即賣不出去的意思。四百：四百文錢。❹憐：愛。售（shú）：買。❺茲：此。勝：佳妙。❻灃（fēng）水：源出今陝西西安西南的秦嶺山中，北流至西安西北入渭水。鄠（hù）：今陝西戶縣。杜：杜陵，在今西安東南。這些地方都是當年京都長安附近豪門貴族居住之地。❼陋：鄙視，瞧不起。❽賈：同「價」。❾蘇子美：蘇舜欽，見P97《國初古文》注⓬。他的岳父杜衍為仁宗朝宰相，支持范仲淹推行新政。當時舜欽也在朝為官，保守派彈劾他挪用公款，他被除名後寓居蘇州。購得郡學旁棄地，築滄浪亭而居。《滄浪亭記》即敍購地經過及該處景色之佳，足以令人忘懷世事等。❿阜（fù）：土山。⓫並（bàng）水：傍水。修：長。⓬虧蔽：遮掩。⓭裴回：即「徘徊」。⓮卒：終。賞：欣賞。踐：涉足，遊歷。⓯韓蘄（qí）王：南宋大將韓世忠，死後追封蘄王。⓰直：同「值」。⓱遇：遇合，指被有地位的人賞識。

盛，高丘廣水，跟城中景色不一樣。傍着水在雜花長竹之間找到一條小路，往東去數百步，有一塊棄地，三面都是水，旁邊沒有民宅，左右都被林木交相掩蔽。我喜愛它，徘徊良久，便用四萬錢買下了它。」我認為兩地如此佳勝，竟至於被人拋棄而賣不出去，又哪裏知道日後終會被名人欣賞涉足呢？像滄浪亭，現在歸韓蘄王家所有，價格已至數百萬了。但是鈷鉧又被埋沒，不能認出來了。士之處世，遇和不遇，也就這樣啊！

桃源行（三筆卷十）

陶淵明的《桃花源記》是古今傳誦的名篇，後世詩人多因之撰寫《桃源行》的詩篇，但對《桃花源記》的寫作意圖都未能講清楚。洪邁則認為是陶淵明不願臣事劉宋而作此寄意。

陶淵明作《桃源記》云①：「源中人自言，先世避秦時亂，率妻子邑人來此絕境②，不復出焉。乃不知有漢，無論魏、晉③。」繫之以詩曰④：「嬴氏亂天紀⑤，賢者避其世。黃、綺之商山⑥，伊人亦云逝⑦……願言躡輕風⑧，高舉尋吾契⑨。」自是之後，詩人多賦《桃源行》，不過稱讚仙家之樂。唯韓公云⑩：「神仙有無何渺茫，桃源之説誠荒唐。」

❶陶淵明：東晉文學家陶潛，字淵明，世代在晉朝為官，至淵明家道中衰，歷任江州祭酒、鎮軍參軍、彭澤令。後來劉裕蓄意篡晉，他歸隱田園。《桃源記》：即《桃花源記並詩》。❷邑人：鄉人。❸無論：不用説。❹繫：綴繫於文章之末尾。❺嬴（yíng）氏：秦姓嬴，此指秦始皇。❻黃、綺：指夏黃公和綺里季。此二人再加上甪里先生、東園公，即所謂「商山四皓」。他們為避秦朝之亂而隱居商山。❼伊人：此人。逝：隱去，隱遁。❽躡（niè）：蹈，踏上。❾高舉：高飛。契：契交，志同道合的人。❿韓公：韓愈。下引詩句出其《桃源圖》詩。

陶淵明作《桃源記》說：「源中人自己說，他們的先人逃避秦時亂，帶着妻子和同邑人來到這個絕境，不再出去。竟不知道有漢，更不用說魏、晉了。」繫以詩說：「嬴氏亂天紀，賢者避其世。黃、綺之商山，伊人亦云逝。……願言躡輕風，高舉尋吾契。」從此之後，詩人們多賦《桃源行》，不過是稱讚仙家的快樂。只有韓愈說：「神仙有無何渺茫，桃源之説誠荒唐。」

「世俗那知偽與真，至今傳者武陵人[11]。」亦不及淵明所以作記之意。按《宋書》本傳云：「潛自以曾祖晉世宰輔[12]，恥復屈身後代[13]。自宋高祖王業漸隆[14]，不復肯仕。所著文章，皆題其年月。義熙以前[15]，則書晉氏年號，自永初以來[16]，唯云甲子而已[17]。」故五臣注《文選》用其語[18]。又繼之云：「意者恥事二姓[19]，故以異之。」此說雖經前輩所詆[20]，然予竊意桃源之事，以避秦為言。至云「無論魏、晉」，乃寓意於劉裕，託之於秦，借以為喻耳。近時胡宏仁仲一詩[21]，屈折有奇味[22]，大略云：「靖節先生絕世人[23]，奈何記偽不考真[24]？先生高步窘末代[25]，雅志不肯為秦民[26]。故作斯文

「世俗那知偽與真，至今傳者武陵人。」也沒有談及淵明之所以寫作《桃源記》的用意。按《宋書・陶淵明傳》說：「陶潛自認為曾祖是晉代的宰輔，恥於再屈身後代。自從宋高祖王業漸隆，不再願意做官。他寫的文章，都標出年月，義熙以前，就書寫晉氏年號，從永初以後，只寫甲子而已。」所以五臣注《文選》採用了《宋書》的說法，並引申發揮說道：「大概是恥於事二姓，所以作出這種區別。」這種說法雖然受到過前輩責難，然而我私下覺得桃源故事，借避秦來作由頭，至於

寫幽意㉗，要似寰海離風塵㉘。」其說得之矣。

⑪「至今」句：《桃花源記》中說，武陵（今湖南常德）一位漁夫偶然發現了桃花源。故陶文問世之後，武陵人都一直傳頌這個故事。唐憲宗元和年間，武陵太守曾將《桃源圖》寄給尚書省內某官員，韓愈見到後作詩歌詠此事。⑫宰輔：輔政的大臣，一般指宰相、三公之類。陶侃曾任侍中、太尉。⑬「恥復」句：意思是不願意為東晉以後的皇朝服務，羞於做他朝的臣民。⑭宋高祖：即南朝宋建立者宋武帝劉裕，他初為北府軍中下級軍官，因功而官至侍中，控制朝政，相繼滅南燕、後秦。永初元年（420）代晉稱帝。⑮義熙：東晉安帝年號（405—418）。⑯永初：劉裕年號（420—422）。⑰甲子：將十天干（甲乙丙丁……）與十二地支（子丑寅卯……）相配所得六十個干支（甲子、乙丑……），古人用它來紀年。⑱五臣：指唐開元年間的呂延濟、劉良、張銑、呂向、李周翰，他們五人曾合注《文選》。《文選》：南朝梁蕭統編，選錄先秦至梁的詩文辭賦。有唐代李善及五臣的注本。《文選・陶潛〈辛丑歲七月赴假還江陵夜行塗口作〉》劉良注採用了《宋書》的說法並加以發揮。⑲意：猜想。二姓：晉朝為司馬氏，南朝宋為劉氏，故說「二姓」。⑳詆（dǐ）：攻擊，非議。宋代僧思悅曾據陶潛詩文駁「甲子紀年」說。見《韻語陽秋》所引。㉑胡宏仁仲：胡宏，字仁仲。宋學者胡安國之子。㉒屈折：曲折。㉓靖（jìng）節先生：是人們給陶淵明的私謚。絕世：絕代，當世無人比得上。㉔奈何：為何。㉕高步：氣節高尚，不落流俗。窘：困頓迫促。㉖秦民：借喻劉宋之臣民。㉗寫：傾吐。㉘要：希望。寰海：海內。

說到「無論魏、晉」，便是針對劉裕而寓寄其意，而假託於秦朝，把它作為比喻罷了。近來胡宏的一首詩，曲折有奇警的興味，大致是說：「靖節先生絕世人，奈何記偽不考真？先生高步窘末代，雅志不肯為秦民。故作斯文寫幽意，要似寰海離風塵。」這就說到點子上了。

符讀書城南（三筆卷十一）

勸子讀書是好事，但若以利祿相誘，就不對了。洪邁在這裏對韓愈、杜牧的此類做法提出了批評。

《符讀書城南》一章①，韓文公以訓其子，使之腹有《詩》、《書》②，致力於學，其意美矣。然所謂「一為公與相③，潭潭府中居④」、「不見公與相，起身自犁鋤」等語⑤，乃是覬覦富貴⑥，為可議也。杜牧之《寄小姪阿宜》詩亦云⑦：「朝廷用文治⑧，大開官職場⑨。願爾出門去，取官如驅羊⑩。」其意與韓類也。予向為陳鑄作《城南堂記》⑪，亦及此意云⑫。

❶符：韓符，韓愈之子。城南：韓愈別墅所在，在長安啟夏門東南。章：詩章，詩篇。❷《詩》、《書》：指《詩經》和《尚書》，都是儒家經典。❸公：指三公。相：宰相。❹潭潭：寬廣深邃的樣子。府：官府，府署。❺「不見」句：意謂豈不見擔任公卿宰相的人均是出身貧寒人家，都是因為讀書而出名的。❻覬覦（jì yú）：希求。❼杜牧之：唐文學家杜牧，字牧之。❽文治：指治國時任用儒士，崇尚禮義教化。❾「大開」句：指科舉取士。❿驅羊：驅趕羊羣。形容極其容易。⓫陳鑄：南宋乾道進士，曾為汀州（今福建長汀）知州，遷提舉福建常平。⓬亦及此意：指也講到韓、杜覬覦富貴的不妥。

《符讀書城南》一詩，是韓愈用來訓示他的兒子的，想使他心中裝有《詩》、《書》，在學問上下功夫，意向是很好的。然而詩中所謂「一為公與相，潭潭府中居」、「不見公與相，起身自犁鋤」等語，則是希求富貴，很值得非議了。杜牧《寄小姪阿宜》一詩也說：「朝廷用文治，大開官職場。願爾出門去，取官如驅羊。」意思跟韓愈相似。我過去為陳鑄作《城南堂記》，也說到了這個看法。

淵明孤松（三筆卷十二）

洪邁對陶淵明的詩文極為愛好，這裏指出其詩文中常以孤松自況，說明洪邁讀書的細心。

淵明詩文率皆紀實[1]，雖寓興花竹間亦然[2]。《歸去來辭》云[3]：「景翳翳以將入[4]，撫孤松而盤旋[5]。」其《飲酒》詩二十首中一篇云[6]：「青松在東園，眾草沒其姿[7]。凝霜殄異類[8]，卓然見高枝[9]。連林人不覺，獨樹眾乃奇。」所謂孤松者是已，此意蓋以自況也[10]。

❶ 率（shuài）：通常。❷ 寓興：寄託興味。❸《歸去來辭》：辭賦篇名。陶淵明在義熙元年（405）任彭澤令，因不願諂事上官，當年即辭職而歸，文中寫其歸途中和回家後怡悅安適的心情，曲折地反映出對現實的不滿。❹ 景：指陽光，日光。翳翳（yì）：昏暗貌。❺ 盤旋：即盤桓、徘徊。❻《飲酒》：晉元興二年（403）秋冬陶淵明閑居寡歡，因每夕飲酒，醉後即題詩數句，寫成組詩《飲酒》。這裏所選為第九首。❼ 沒：掩沒。❽ 殄（tiǎn）：滅絕。❾ 卓然：突出、獨立貌。❿ 況：比況。

陶淵明詩文大都是紀實的，即使是寓寄興味於花草竹木之間也是這樣。《歸去來辭》說：「景翳翳以將入，撫孤松而盤旋。」他的《飲酒》詩二十篇中的一篇說：「青松在東園，眾草沒其姿。凝霜殄異類，卓然見高枝。連林人不覺，獨樹眾乃奇。」所謂孤松者，意思大概是用來自比。

十八鼎（三筆卷十三）

所謂夏禹鑄九鼎只是神話，洪邁能指出這點，堪稱卓識。文中還列舉宋徽宗兩次鑄造九鼎的事實，則顯然是持批評的態度。

夏禹鑄九鼎，唯見於《左傳》王孫滿對楚子，及靈王欲求鼎之言①，其後《史記》乃有鼎震及淪入於泗水之說②。且以秦之強暴，視衰周如机上肉③，何所畏而不取？周亦何辭以卻④？赧王之亡⑤，盡以寶器入秦，而獨遺此，以神器如是之重⑥，決無淪沒之理。泗水不在周境內，使何人般舁而往⑦，寧無一人知之以告秦邪？始皇使人沒水求之不獲⑧，

❶「唯見」句：《左傳・宣公三年》載，楚靈王伐陸渾之戎至雒，便陳兵周疆，問九鼎之大小輕重。王孫滿說明了禹鑄九鼎之經過，並通過九鼎由夏傳商、由商傳周的事實說明了「在德不在鼎」的道理，拒絕回答靈王挑釁性的提問。❷「其後《史記》」句：鼎震及淪入泗水之說見《史記・封禪書》「宋太丘社亡，而鼎沒於泗水彭城下」。應劭注：「亡，淪入地也。」即所謂「鼎震」。泗水：古泗水源出今山東泗水縣東蒙山，流經魯國、宋國，最後匯注於淮水。❸机：通「几」。几案。❹卻：拒絕，推卻。❺赧（nǎn）王：周朝末代國君，公元前314年即位，前256年秦滅周。❻重：重要。❼般：同「搬」。舁（yú）：抬。❽「始皇」句：公元前219年，嬴政過彭城，臨泗水，曾派一千人潛水求九鼎。事見《史記・秦始皇本紀》。

夏禹鑄九鼎的事，只見於《左傳》王孫滿答楚靈王語以及靈王想求鼎的話中，此後《史記》始有鼎震及沉沒於泗水的說法。就憑秦國強暴，看衰周就像案上的肉一樣，有甚麼畏懼而不敢索取九鼎的呢？周又拿甚麼言辭來拒絕呢？周赧王亡國，寶器統統運進秦國，而唯獨留下此物，憑九鼎如此重要，決無沉沒的道理。何況泗水不在周國境內，是叫誰人搬抬前去的，難道沒有一個人知道此事而將消息告訴秦國嗎？秦始皇叫人潛水找尋九鼎而沒找到，

蓋亦為傳聞所誤。《三禮》經所載鐘彝名數詳矣⑨，獨未嘗一及之。《詩》、《易》所書，固亦可考。以予揣之，未必有是物也。唐武后始復置於通天宮⑩，不知何時而毀。國朝崇寧三年⑪，用方士魏漢津言鑄鼎⑫，四年三月成，於中太一宮之南為殿⑬，名曰九成宮⑭。中央曰帝鼐⑮；北方曰寶鼎，東北曰牡鼎⑯，東方曰蒼鼎⑰，東南曰罔鼎⑱，南方曰彤鼎⑲，西南曰阜鼎⑳，西方曰晶鼎㉑，西北曰魁鼎㉒。奉安之日㉓，以蔡京為定鼎禮儀使㉔。大觀三年㉕，又以鑄鼎之地作寶成宮。

大概也是被傳聞所誤導。三禮經上所記錄的鐘彝的名目很詳細，唯獨不曾一次說到過九鼎。《詩經》、《周易》所記載的，自然也可供考證。依我揣度，未必有這東西。唐武后才重新在通天宮設置九鼎，不知甚麼時候被毀掉。我朝在崇寧三年（1104），採用方士魏漢津的建議來鑄九鼎，四年三月鼎成，便在中太一宮之南建殿，名為九成宮。位居正中的鼎叫帝鼐，北方的叫寶鼎，東北的叫牡鼎，東方的叫蒼鼎，東南的叫罔鼎，南方的叫彤鼎，西南的叫阜鼎，西方的叫晶鼎，西北的叫魁鼎。供奉安放之日，以蔡京為定鼎禮儀使。大觀三年（1109），又在鑄鼎的地方建寶成宮。

❾《三禮》經：《周禮》、《儀禮》、《禮記》。鐘彝：古代鐘鼎尊彝等青銅禮器的通稱。
❿「唐武后」句：武則天萬歲通天二年（679）四月鑄成九鼎，置於明堂之庭。
⓫崇寧三年：即公元 1104 年。
⓬魏漢津：本為蜀刑徒，自言跟從唐仙人李良學仙道，徽宗時，以言樂律而被任用，為徽宗鑄九鼎及鐘樂。賜號中顯寶應先生。
⓭中太一宮：祀太一神的宮殿。《宋會要》載，方士楚芝蘭說，祀太一神能使國泰民安，但祭祀場所應四十五年一移，於是，在雍熙元年（984）建東太一宮，天聖七年（1029）建西太一宮，至熙寧中，又建中太一宮。
⓮九成宮：藏鼎之宮。
⓯鼐（nài）：大鼎。帝鼐：此鼎用銅二十二萬斤。鼎上有圖，上層為日月星辰雲朵，中為宗廟朝廷臣民，下則為山川地形。
⓰牡鼎：「牡」有門閂、鎖鍵的意思。東北方屬於艮卦之位。《易・說卦》「艮為門闕」，注謂「取其禁止之義」。故稱東北之鼎為牡鼎。
⓱蒼鼎：蒼即「五色」中的青色，按五行家說，是東方之色，當五行之「木」，四季之春。
⓲罔鼎：「罔」是「風」字之誤。《宋會要輯稿・輿服六》正作「風鼎」，因為東南方為巽卦之位，《易・說卦》：「巽為風。」故稱東南之鼎為風鼎。
⓳彤鼎：彤即「五色」中的赤色，它是南方之色，也是夏季的顏色，當五行之火，故稱南方之鼎為彤鼎。
⓴阜鼎：「阜」有阜育、生長義。西南方為坤卦之位。坤象徵大地，大地生長萬物。該鼎即得名於此。
㉑晶鼎：晶有白亮義。而白色為西方之色，也是秋天的顏色，故名。
㉒魁鼎：魁有第一、開始之義。西北方屬乾卦之位。而乾象徵天，天為萬物之魁。
㉓奉安：供奉安放。
㉔蔡京：見 P43《三省長官》注㉖。
㉕大觀：宋徽宗年號（1107—1110）。

政和六年㉖，復用方士王仔昔議㉗，建閣於天章閣西㉘，徙鼎奉安㉙。改帝鼐為隆鼐，餘八鼎皆改焉㉚，名閣曰圓象徽調閣㉛。七年，又鑄神霄九鼎㉜，一曰太極飛雲洞劫之鼎㉝，二曰蒼壺祀天貯醇之鼎㉞，三曰山嶽五神之鼎㉟，四曰精明洞淵之鼎，五曰天地陰陽之鼎，六曰混沌之鼎㊱，七曰浮光洞天之鼎㊲，八曰靈光晃曜鍊神之鼎㊳，九曰蒼龜大蛇蟲魚金輪之鼎。明年鼎成，置於上清寶籙宮神霄殿㊴，遂為十八鼎。繼又詔罷九鼎新名㊵，悉復其舊。今人但知有九鼎，而十八之數，唯朱忠靖公《秀水閑居錄》略紀之㊶，故詳載於此。

政和六年（1116），又採用方士王仔昔的建議，在天章閣西面建閣，遷鼎到這裏供奉安放。改帝鼐為隆鼐，其餘八鼎之名也都有所改易，把藏鼎之閣叫圓象徽調閣。政和七年又鑄造神霄九鼎，第一叫太極飛雲洞劫之鼎，第二叫蒼壺祀天貯醇之鼎，三叫山嶽五神之鼎，四叫精明洞淵之鼎，五叫天地陰陽之鼎，六叫混沌之鼎，七叫浮光洞天之鼎，八叫靈光晃曜鍊神之鼎，九叫蒼龜大蛇蟲魚金輪之鼎。次年鼎鑄成，放置於上清寶籙宮神霄殿，於是便成了十八鼎。繼而又詔令停止使用前九鼎的新名，全都恢復舊稱。今人只知道有九鼎，而十八之數，只有朱勝非《秀水閑居錄》略有記述，所以我詳細轉載於此。

㉖政和六年：即公元 1116 年。㉗王仔昔：自言遇仙人傳得大洞隱書，豁落七元之法。以道法得寵於徽宗。曾建議：「九鼎神器，不可藏於外。」又改九鼎之名，後因驕橫，下獄死。㉘天章閣：北宋宮中藏書閣名。在會慶殿之西，龍圖閣之北。㉙徙（xǐ）：遷。㉚「餘八鼎」句：據《宋會要輯稿》，寶鼎名依舊，牡鼎改為和鼎，蒼鼎改育鼎，風鼎改潔鼎，彤鼎改明鼎，阜鼎改須鼎，晶鼎改蘊鼎，魁鼎改健鼎。㉛圓象徽調閣：該閣在皇宮中。圓象：指日月星辰等天象。㉜神霄：宋徽宗所寵信的方士林靈素說，天有九霄，而神霄為最高，上帝長子神霄玉清王居此。林靈素說徽宗即神霄玉清王，為了象徵自己在神霄中的統治權，徽宗又鑄神霄九鼎。㉝太極：天地未分之前曰太極。劫：天地一成一敗謂之一劫。㉞醇：醇酒。㉟山嶽五神：指五嶽之神。㊱混沌：元氣未分貌，為世界未開闢以前之象。㊲洞天：神仙居處。㊳曜（yào）：光耀，明亮。煉：修煉。㊴上清寶籙宮：道宮，徽宗時採納方士林靈素建議而建，王仔昔、林靈素等道士居此。上清是神仙居住的仙境，為道家三清境之一。籙（lù）：道教的秘文秘錄。㊵九鼎新名：指前文所說王仔昔所改九鼎新名。㊶朱忠靖公：朱勝非，崇寧進士，建炎、紹興初兩度為相，做過洪州、江州知州。秦檜當政後罷職閑居八年後去世。《秀水閑居錄》是他寓居江西宜春時所作，秀水係當地之水名。

歌扇舞衣（三筆卷十四）

洪邁在這裏從李商隱「歌扇」、「舞衣」一聯之為人剽竊，談到唐人頗愛用「歌扇」來對「舞衣」。由此可見洪邁對唐詩的精熟。

唐李義山詩云①：「鏤月為歌扇②，裁雲作舞衣。」同時人張懷慶竊為己作③，各增兩字云：「生情鏤月為歌扇，出性裁雲作舞衣④。」致有生吞活剝之誚⑤。予又見劉希夷《代閨人春日》一聯云⑥：「池月憐歌扇⑦，山雲愛舞衣⑧。」絕相似。杜老亦云⑨：「江清歌扇底⑩，野曠舞衣前⑪。」儲光義云⑫：「竹吹留歌扇⑬，蓮香入舞衣。」然則唐人詩好以歌扇、舞衣為對也。

❶李義山：李商隱。見P79《唐詩無諱避》注93。❷鏤（lòu）：雕刻。歌扇：女子唱歌時所執之團扇，可用來遮面。❸張懷慶：棗強（今屬河北）縣尉人，喜偷名士文章為己作。❹出性：猶言「率性」、「緣性」，指出於本性。❺誚（qiào）：譏嘲。❻劉希夷：張懷慶竊李商隱詩而被世人譏嘲之事見唐代劉肅《大唐新語・諧謔》。❻劉希夷：武則天時詩人，善寫從軍、閨情之詩。❼憐：愛。「池月憐歌扇」是說閨中人覺得池月宛如歌扇，十分可愛。❽「山雲」句：句式同「池月憐歌扇」。❾杜老：指杜甫，下引詩句見杜甫《數陪李梓州泛江有女樂在諸舫戲為豔曲二首》之一。❿底：下方。⓫曠：空闊。⓬儲光義：唐代詩人，此處引詩見其《同武平一員外遊湖》。⓭竹吹：即風吹竹林發出的動聽聲音。

唐代李商隱詩說：「鏤月為歌扇，裁雲作舞衣。」與李商隱同時代的張懷慶剽竊該詩而作為自己的作品，只在每句前各增加兩個字：「生情鏤月為歌扇，出性裁雲作舞衣。」致使受到了「生吞活剝」的譏嘲。不過，我又看到劉希夷《代閨人春日》一聯說道：「池月憐歌扇，山雲愛舞衣。」與李商隱詩非常相似。杜甫詩也說：「江清歌扇底，野曠舞衣前。」儲光義說：「竹吹留歌扇，蓮香入舞衣。」如此說來，唐人詩歌喜歡以歌扇、舞衣作對子。

六言詩難工（三筆卷十五）

絕句中常見的是七言、五言，六言絕句難做得好，所以流傳下來也特別少。洪邁在這裏舉出他編集《萬首唐人絕句》中六言不滿四十首，來說明這個事實。

唐張繼詩①，今人所傳者唯《楓橋夜泊》一篇②，荊公《詩選》亦但別詩兩首③，樂府有《塞孤》一篇④。而《皇甫冉集》中載其所寄六言曰⑤：「京口情人別久⑥，揚州估客來疏⑦。潮至潯陽回去⑧，相思無處通書。」冉酬之⑨，而序言：「懿孫予之舊好，祗役武昌⑩。有六言詩見憶，今以七言裁答⑪，蓋拙於事者繁而費。」冉之意，以六言為難工⑫，故衍六為七⑬。

❶張繼：唐代詩人。字懿孫。❷《楓橋夜泊》：唐詩名篇。是作者宿於蘇州城外，夜半聽寒山寺之鐘聲而作。❸荊公《詩選》：《唐百家詩選》，王安石根據宋敏求家藏唐人詩集而選。❹樂府：詩體名。指後人仿效樂府（秦漢負責音樂兼採詩的官署）古題而作的詩歌。《塞孤》：《全唐詩》第六冊樂府詩收此篇，是五言詩，未標題。❺皇甫冉：唐代詩人。《皇甫冉集》中所載張繼六言詩，題為《奉寄皇甫補闕》。❻京口：故址在今鎮江。該詩以情人相思比擬作者對皇甫冉的想念。❼估客：商人。這句是說揚州商人不再經常帶來消息。❽潯陽：古江名。指長江流經潯陽縣境一段，在今江西九江市北。❾酬：酬答。❿祗（zhī）役：當差。⓫裁答：作詩文或書信答覆對方。⓬工：精巧，精緻。⓭衍（yǎn）：展延，增加。

唐代張繼的詩歌，今人所傳誦的只有《楓橋夜泊》一篇，王安石《唐百家詩選》也只是收了他另外兩首詩，樂府詩中有《塞孤》一篇。而《皇甫冉集》中載張繼所寄贈的六言詩說：「京口情人別久，揚州估客來疏。潮至潯陽回去，相思無處通書。」皇甫冉作詩酬答他，而詩序說：「懿孫是我的老友，在武昌當差時，寫過六言詩思念我，今以七言詩酬答他，因為拙於寫作而要多用言辭。」皇甫冉的意思是認為六言詩難以作得精工，所以把六字增為七字。

然自有三章曰：「江上年年春早⑭，津頭日日人行⑮。借問山陰遠近⑯，猶聞薄暮鐘聲。」「水流絕澗終日⑰，草長深山暮雲。犬吠雞鳴幾處，條桑種杏何人⑱？」「門外水流何處⑲，天邊樹繞誰家？山絕東西多少⑳，朝朝幾度雲遮。」皆清絕可畫㉑，非拙而不能也。予編唐人絕句㉒，得七言七千五百首，五言二千五百首，合為萬首。而六言不滿四十，信乎其難也㉓！

⑭「江上」句：此處四句詩，題為《小江懷靈一上人》。⑮津：渡口。⑯山陰：舊縣名。因在會稽山之北而得名，今屬浙江紹興。⑰「水流」句：該詩題為《送鄭二之茅山》。絕澗：指由兩邊的陡峭坡崖形成的山澗。⑱條桑：修剪桑樹。⑲「門外」句：這首詩題為《問李二司直所居雲山》。⑳絕：《萬首唐人絕句》作「色」。「絕」當為「色」字之誤。㉑清絕：清新妙絕。㉒「予編」句：洪邁在淳熙年間錄唐五、七言絕句五千四百首進獻孝宗，後又補輯到一萬首左右，分為百卷，紹熙初年呈獻。㉓信：的確。

但是他自己有三首六言詩，說：「江上年年春早，津頭日日人行。借問山陰遠近，猶聞薄暮鐘聲。」「水流絕澗終日，草長深山暮雲。犬吠雞鳴幾處，條桑種杏何人？」「門外水流何處，天邊樹繞誰家？山絕東西多少，朝朝幾度雲遮。」都清絕可入畫中，並非拙而不能作六言詩。我編集唐人絕句，得七言詩七千五百首，五言詩二千五百首，總共一萬首。然而六言詩不足四十首，說難作真是不假啊！

蔡君謨書碑（三筆卷十六）

古代有地位名望的大臣不願隨便給人家書寫碑文。這裏所說的蔡襄本以書法著稱，但只願書寫皇上御製的碑文，其他則一概推卻。洪邁對這種姿態是肯定的。

歐陽公作《蔡君謨墓誌》云①：「公工於書畫，頗自惜②，不妄與人書③。仁宗尤愛稱之④，御製《元舅隴西王碑文》⑤，詔公書之。其後命學士撰《溫成皇后碑文》⑥，又敕公書，則辭不肯，曰：『此待詔職也⑦。』」國史傳所載，蓋用其語。比見蔡與歐陽一帖云⑧：「鼎者得侍陛下清光⑨，時有天旨⑩，令寫御撰碑文、宮寺題榜⑪，至有勛德之家，干請朝廷出敕令書⑫。襄謂近世書寫碑志，則有資利⑬，若朝廷之命，則有司存焉⑭，待詔其職也。今與待詔爭利，其可乎⑮？力辭乃已。」蓋辭其可辭，其不可辭者不辭也。然後知蔡公之旨意如此。雖勛德之家，請於朝出敕令書者，

歐陽修作《蔡君謨墓誌》說：「公工於書畫，頗自珍惜，不隨便替人家寫。仁宗尤其喜愛稱道他，御撰《元舅隴西王碑文》，詔令他書寫。此後叫學士撰寫了《溫成皇后碑文》，又詔令他書寫，他就推辭而不願寫了，說：『這是待詔的職事。』」國史蔡襄傳所記載的，大概就是採用歐陽修的話。近來看到蔡襄給歐陽修的一封書帖說：「昔日得以侍奉陛下清光，經常有天旨，叫我書寫御製碑文、宮寺題榜，甚至有些功臣權貴之家，請求朝廷頒詔叫我書寫。我以為近世書寫碑誌，

亦辭之，不止一《溫成碑》而已。其清介有守⑯，後世或未知之，故載於此。

則有酬金，如果是朝廷的命令，則有主管部門在，待詔就是負責這類事的。現在要我跟待詔去爭利，怎麼可以呢？我竭力推辭才作罷。」大概是推辭那些可以推辭的差事，至於那些不宜推辭的就不推辭。由此而知蔡公的心意就是如此。即使是功臣權貴之家請求朝廷發出詔令叫他書寫，他也推辭了，不只是一篇《溫成碑》而已。他清高耿介而有操守，後世或許不知曉，所以記錄於此。

❶歐陽公：歐陽修。蔡君謨：蔡襄，見P9《蔡君謨帖》注❶。❷自惜：自愛，自重。❸妄：胡亂，隨便。❹稱：稱道，稱讚。❺御製：皇帝親自撰作。元舅：大舅。指仁宗生母李氏的弟弟李用和。李氏原為真宗章獻皇后劉氏的侍兒，她為真宗生下孩子，劉氏收養為己子。仁宗即位不久，李氏去世。一直到劉氏死後，仁宗才知道她是自己的生母，他愧於在生前沒有侍奉她，便轉而極力提拔褒獎大舅。李用和生前官至侍中，死後又贈太師、中書令、隴西郡王，仁宗親自為他寫碑文。❻學士：宋代有翰林學士，又有館閣學士。溫成皇后：即仁宗貴妃張氏，生前甚得寵愛，死後，仁宗追冊她為溫成皇后。❼待詔：宋初設有翰林待詔，負責抄寫詔令、文書。❽比：近來。❾曩者：昔日。清光：美好的風采。❿天旨：皇上旨意。⓫題榜：題署匾額。⓬干（gān）：求。⓭資利：指酬金。⓮有司：主管部門。⓯其：表反詰，同「豈」。⓰清介：清高耿介。

亭榭立名（四筆卷一）

為亭榭取一個雅致不俗的名字很難，於是有人務為奇怪晦澀，走另一極端。洪邁指出，這樣做是不妥當的。

立亭榭名最易蹈襲①，既不可近俗，而務為奇澀亦非是②。東坡見一客云近看《晉書》③，問之曰：「曾尋得好亭子名否？」蓋謂其難也。秦楚材在宣城④，於城外並江作亭⑤，目之曰「知有」⑥，用杜詩「已知出郭少塵事，更有澄江消客愁」之句也⑦。王仲衡在會稽⑧，於後山作亭，目之曰「白涼」，亦用杜詩「越女天下白，鑒湖五月涼」之句⑨，

❶榭（xiè）：建在高土臺上的敞屋。蹈襲：因襲，沿用。❷奇澀：怪異，晦澀。❸《晉書》：唐房玄齡等人撰。其書詞藻綺麗，多記異聞。故蘇軾認為從中可尋得好亭子名。❹秦楚材：秦梓，字楚材，秦檜之兄，宣和進士，累官翰林院學士，出知宣州（治所在今安徽宣城）。其弟專權時，他頗為厭惡，遷家避之。❺並：傍。❻目：題名。❼「用杜詩」句：此處所引詩見杜甫《卜居》，《卜居》記杜甫在成都浣花溪傍築草堂而居之事。「出郭」指走出城郭。「塵事」指世俗瑣事。❽王仲衡：淳熙十四年（1187）進士，累官知建昌軍（治所在今江西南城）。❾「亦用杜詩」句：所引詩見杜甫《壯遊》。鑒湖即鏡湖，在今浙江紹興會稽山北麓。

為亭榭取名最容易蹈襲，既不能落於俗套，而一味追求怪異、晦澀也不可取。蘇東坡見一位客人說近來在讀《晉書》，便問他：「可曾尋到好的亭子名？」大概是說此事很難。秦梓在宣城時，傍着城外江邊建亭，題名為「知有」，是採用了杜詩「已知出郭少塵事，更有澄江消客愁」的句子。王仲衡在會稽時，在後山建亭，題名為「白涼」，也是採用杜詩「越女天下白，鑒湖五月涼」的句子，

二者可謂甚新，然要為未當。廬山一寺中有亭頗幽勝，或標之曰：「不更歸」⑩，取韓詩末句，亦可笑也。

⑩ 不更歸：見韓愈《山石》詩。該詩寫韓愈夜宿山寺，月色入扉；天明離去，盡覽山中勝景，流連忘返。末句便歎道：「嗟哉吾黨二三子，安得至老不更歸。」

這兩個亭名可說是很新穎，但總言之不見得妥當。廬山一寺中有亭子頗為幽靜佳妙，有人標其名為「不更歸」，採用韓愈詩的末句，也是可笑。

城狐社鼠（四筆卷二）

古語以城狐社鼠比喻人君親信近臣，洪邁又從《説苑》中找出「稷狐」一詞，認為甚奇且新。

城狐不灌①，社鼠不燻②，謂其所棲穴者得所憑依③，此古語也，故議論者率指人君左右近習為城狐社鼠④。予讀《說苑》所載孟嘗君之客曰⑤：「狐者，人之所攻也；鼠者，人之所燻也。臣未嘗見稷狐見攻⑥，社鼠見燻，何則？所託者然也。」稷狐之字，甚奇且新。

❶灌：用水淹。❷社：祭祀土地神之處。擇地建壇，在壇上豎社神神主（一般是木製）。國君所立之社是非常神聖的，詳後注。民間之社也是如此。❸棲穴：鑽穴棲身。❹「故議論者」句：《韓非子・外儲說右上》即記管仲以社鼠比君主左右近臣，說這些人依仗君主權勢為奸作惡，不誅則亂法，誅之則君不安，有如社鼠。近習：指親信近臣。❺「予讀」句：孟嘗君之客的話見《說苑・善說》。孟嘗君：田文，戰國時齊國貴族。❻稷：祭祀穀神的處所。古代建國，必先立社、稷，社稷與國家存亡相依，是其象徵。所以社稷之上即使藏有鼠、狐，也是不能燻灌的，古人害怕那樣會傷害、穢褻社稷。

作穴於城牆下的狐狸是不能用水灌的，棲身在社壇中的老鼠是不能用火煙燻的，說的是它們鑽穴棲身之處正是可賴以依託之地，這是傳下來的古語，所以評議朝政的人大多把君主親信近臣稱為城狐社鼠。我讀《說苑》上所記孟嘗君的食客的話，說：「狐狸，是人們所要驅打的東西；老鼠，是人們要煙燻的東西。不過我不曾看到棲身於稷上的狐狸被攻擊，棲身於社上的老鼠被煙燻，這是甚麼緣故呢？是因為它們所依託藏身的地方造成了這種情況。」稷狐這個詞，非常奇特又新穎。

實年官年（四筆卷三）

宋人為了謀取官職，有把年齡故意報大或報小的事情，這虛報的年齡稱為官年，真實的年齡稱為實年，發展到制書、奏疏裏都出現官年和實年等文字。洪邁對這種公然欺騙的做法是極為不滿的。

士大夫敍官閥①，有所謂實年、官年兩說，前此未嘗見於官文書。大抵布衣應舉，必減歲數，蓋少壯者欲藉此為求昏地②；不幸潦倒場屋③，勉從特恩④，則年未六十始許入仕⑤，不得不豫為之圖⑥。至公卿任子⑦，欲其早列仕籍，或正在童孺⑧，故率增抬庚甲有至數歲者⑨。然守義之士，猶曰兒曹甫策名委質⑩，而父祖先導之以挾詐欺君，不可也。比者以朝臣屢言，年及七十者不許任監司、郡守⑪，搢紳多不自安⑫，爭引年以決去就⑬。江東提刑李信甫⑭，雖春秋過七十，而官年損其五，堅乞致仕⑮。有旨⑯：官年未及，與之外祠⑰。知房州章騆六十八歲⑱，而官年增其

士大夫敍官閥，有所謂實年、官年兩種說法，以前未曾在公家文書中看到過。大抵布衣參加科舉考試，必然把歲數寫得小一些，因為年青人想借此為求婚作打算；不幸而在考場潦倒，勉從特恩，那也要年齡不滿六十才許做官，所以這些人不得不預先作準備。至於公卿的任子，要他們早一點列入仕籍候選，可有時還是在童年，所以大都增抬年齡，有的甚至增加好幾歲。但遵守禮義的人，仍然認為兒輩剛開始出任官職，而他們的長輩就先引導他們欺詐君上，是不對

三，亦求罷去。諸司以其精力未衰，援實為請，有旨聽終任。知嚴州秦焴乞祠之疏曰⑲：「實年六十五，而官年已逾七十。」遂得去。

❶閥：閥閱，指功績和資歷。❷藉：借。昏：通「婚」。❸場屋：指科舉考場。❹特恩：宋代文人有連續考十五場不中的，對這些人，皇帝特賜他們本科出身，稱為「特恩」。❺入仕：做官。❻豫：通「預」。圖：謀算。❼任子：中、高級文武官員按品階高低，其子孫、本宗及異姓親屬、門客等皆可補官，稱為「任子」，也稱「蔭補」。❽孺（rú）：幼兒。❾庚甲：年齡。❿甫：開始。策名委質：先秦時凡開始做官的人，都必須把名字寫在簡策上，交給主子作為憑信，後來便以此指出任官職。⓫監司：宋代各路轉運使司、提點刑獄司、提舉常平倉司等，有監察各州官吏之責，故稱監司。⓬搢紳（jìn shēn）：搢，插。古代做官的人把笏板（見P107《唐人避諱》注⑳）插在腰帶（紳）上，故以「搢紳」指做官的人。⓭引年：引據年齡，拿年齡來作證據。⓮江東：即江南東路，治所在今江蘇南京。提刑：即提點刑獄公事，為提點刑獄司的長官。⓯致仕：辭官退休。⓰旨：帝王的詔諭。⓱外祠：即外任宮觀官，宋初即設宮觀官，熙寧時王安石加以擴充，在京大臣罷職者，常加給他們一個管理道教宮觀的頭銜，並不實際負責，只藉以領取俸祿，故又稱祠祿官。後又陸續在地方道教宮觀及嶽廟設立外祠祿官，以安排外官。⓲房州：治所在今湖北房縣。騆：音 zhōu。⓳嚴州：治所在今浙江建德東北。焴：音 yù。

的。近來因為朝臣屢次說到，年齡到了七十歲的人不許擔任監司和知州，當官的人大多心中不安，爭相引據年齡以決定去留。江南東路提點刑獄公事李信甫，雖然年齡已超過七十，然而官年卻少了五歲，他執意請求退休。朝廷下令說：官年未到，授予祠祿官。房州知州章騆六十八歲，而官年增加了三歲，也請求離職，各有關部門認為他精力未減，便拿他的實年來為他請求，有旨讓他做完這一任。嚴州知州秦焴請求授予祠祿官的奏章說：「實年六十五歲，而官年已

齊慶胄寧國乞歸[20]，亦曰：「實年七十，而官年六十七。」於是，實年、官年之字，形於制書[21]，播告中外[22]，是君臣上下公相為欺也。掌故之野甚矣[23]，此豈可紀於史錄哉？

[20] 齊慶胄寧國：齊寧國，字慶胄。[21] 制書：帝王詔書的一種。凡執行大賞大罰以及大的任免事項，均用制書。[22] 中外：指朝廷和地方上。[23] 掌故：指國家舊有的典章制度。野：粗陋、鄙野。

超過七十歲。」於是被允許離職。

齊寧國請求退休回家，也說道：「實年七十歲，而官年六十七歲。」於是實年、官年的字眼，出現在制書上，傳佈到中外，這是君臣上下在公開地相互欺騙。掌故真是野得很了，這怎麼能記載在史書上呢？

王勃文章（四筆卷五）

初唐四傑王勃、楊炯、盧照鄰、駱賓王雖然只做駢體文，但還是做得很好，很有價值的。洪邁在這裏列舉杜甫、韓愈對他們所作的肯定，是十分公允的。

王勃等四子之文①，皆精切有本原②。其用駢儷作記、序、碑碣③，蓋一時體格如此④，而後來頗議之。杜詩云⑤：「王楊盧駱當時體，輕薄為文哂未休⑥。爾曹身與名俱滅⑦，不廢江河萬古流⑧。」正謂此耳。「身名俱滅」，以責輕薄子；「江河萬古流」指四子也。韓公《滕王閣記》云⑨：「江南多遊觀之美，而滕王閣獨為第一。及得三王所為序、賦、記等⑩，壯其文辭。」注謂：「王勃作遊閣序⑪。」又云：「中丞命為記⑫，竊喜載名其上，詞列三王之次，有榮耀焉。」則韓之所以推勃，亦為不淺矣。勃之文今存者二十七卷云。

王勃等四人的文章，都精切而有本原，他們用駢體文作記、序、碑碣，因當時文章體裁就是如此，而後人頗有非議。杜甫詩說：「王楊盧駱當時體，輕薄為文哂未休。爾曹身與名俱滅，不廢江河萬古流。」正是說的這件事，「身名俱滅」是用來責備輕薄士人的；「江河萬古流」，則是指四子。韓愈《滕王閣記》說：「江南有許多可供遊覽觀賞的美景，而其中滕王閣獨為第一。待看到三王所作的關於滕王閣的序、賦、記等，覺得這些文章很壯美。」注說：「王勃作了遊閣序。」韓愈的文章又說：「中丞叫我作滕王閣記，私下高興能在閣上留名，文章能列於三王之後，這對我是一種榮耀。」那麼韓愈對王勃的推崇，也非同一般。王勃的文章現在存世的有二十七卷。

❶王勃等四子：初唐四傑王勃、楊炯、盧照鄰、駱賓王。❷精切：指在選用典故等方面精要貼切。❸駢儷：儷，成對。駢儷指駢文。記：記事文章。序：唐人送別的詩序。碑碣（jié）：指碑頌、碑記、墓碑之類。❹體格：體裁，格式。❺「杜詩」句：該詩是《戲為六絕句》之二。❻哂（shěn）：譏笑。「輕薄為文」句有兩種解釋，第一種認為是輕薄文人士子作文章來譏笑四傑。第二種認為是四子為文輕薄，故招人譏議。洪邁理解為第一種。❼爾曹：爾輩，你們這些人。滅：消亡。❽江河：特指長江、黃河。❾《滕王閣記》：即《新修滕王閣記》，是韓愈為袁州（治所在今江西宜春）刺史時，應王仲舒之邀而作。唐高祖子李元嬰曾為滕王、洪州都督，便在其地建滕王閣。元和十五年（820），王仲舒為洪州刺史、江西觀察使，曾重新修葺此樓。❿三王：指王勃、王緒、王仲舒。王勃作《滕王閣序》，王緒與王仲舒同時，王緒曾作《滕王閣賦》，而王仲舒曾為洪州郡從事，作過《滕王閣記》。⓫遊閣序：即王勃《滕王閣詩序》。唐高宗上元二年（675），王勃南下看望父親，路過洪州，參加了當地閣都督在滕王閣上舉行的宴會，寫下了此文。這是一篇著名的駢體文，記宴會及閣上所見風景極工，並抒發了自己的抱負。⓬中丞：指王仲舒，他出任江西觀察使時帶有御史中丞的頭銜，這是唐代使臣的加銜，並不實任其事。

徙木償表（四筆卷六）

商鞅用徙木予金的辦法來立信，這是人們所知道的。洪邁又發現在這以前吳起已有類似的做法，並認為商鞅這麼做是向吳起學習。這又是洪邁博雅之處。

商鞅變秦法①，恐民不信，乃募民徙三丈之木而予五十金②。有一人徙之，輒予金，乃下令。吳起治西河③，欲諭其信於民④，夜置表於南門之外⑤，令於邑中曰：「有人能僨表者⑥，仕之長大夫⑦。」民相謂曰：「此必不信⑧。」有一人曰：「試往僨表，不得賞而已，何傷？」往僨表，來謁吳起⑨，起仕之長大夫。

❶商鞅：公孫鞅，戰國中期政治家，出身衛國公族，初為魏相公叔痤家臣，後入秦，輔孝公實行變法。因功封於商（今陝西商縣東南），故稱商鞅。商鞅募民徙木見《史記・商鞅列傳》。❷募（mù）：招募，徵召。徙（xǐ）：遷。❸吳起：戰國時軍事家，衛國人。初為魯將，後遭讒赴魏，幫助魏文侯改革法制，整頓軍備，任西河郡守。武侯時出奔楚國。❹諭：表明，曉喻。❺表：立作標記的木柱。吳起立表諭信事見《呂氏春秋・慎小》。❻僨（fèn）：倒，仆。❼長大夫：上大夫。❽信：實。「不信」即不實、不真。❾謁（yè）：進見。

商鞅變革秦法，怕不能取信於民，便招募百姓中能夠搬遷三丈高的木樁的人，（做得到就）給予五十金。有一個人把它搬遷了，商鞅即給他金，於是頒佈新令。吳起治理西河時，想取信於民，夜晚在南門之外豎立一根木柱，在郡內發佈命令說：「如有人能夠推倒木柱，就讓他任長大夫。」百姓相互議論說：「這肯定不會是真的。」有一個人說：「試着去推倒木柱，最多得不到獎賞罷了，有甚麼損失呢？」於是去推倒了木柱，進見吳起，吳起便讓他當了長大夫。

自是之後，民信起之賞罰。予謂鞅本魏人⑩，其徙木示信，蓋以效起⑪，而起之事不傳⑫。

❿「予謂」句：商鞅出身衛國公族，但少時即為魏國宰相公叔痤家臣，洪邁或據此而認為他是魏人。⓫效：效法。⓬「而起之事」句：今《史記・吳起列傳》未載僨表示信事。

從此之後，百姓就信服了吳起的賞罰。我認為商鞅本是魏國人，他召民移木以顯示信用的辦法，大概是仿效吳起，然而吳起的事卻沒有流傳下來。

西太一宮六言（四筆卷七）

王安石的《題西太一宮》詩是六言名篇，但流傳刻本文字有訛誤。洪邁指出訛誤之處，用的也是理校方法。

「楊柳鳴蜩綠暗①，荷花落日紅酣②。三十六陂春水③，白頭想見江南④。」荊公《題西太一宮》六言首篇也⑤。今臨川刻本以「楊柳」為「柳葉」⑥，其意欲與「荷花」為切對⑦，而語句遂不佳。此猶未足問，至改「三十六陂春水」為「三十六宮煙水」⑧，則極可笑。公本意以在京華中⑨，故想見江南景物，何預於宮禁哉⑩？不學者妄意塗竄⑪，殊為害也。彼蓋以太一宮為禁廷離宮爾⑫！

「楊柳鳴蜩綠暗，荷花落日紅酣。三十六陂春水，白頭想見江南。」這是王安石《題西太一宮》六言詩的首篇。今臨川刻本以「楊柳」為「柳葉」，是想跟「荷花」配成切對，然而語句就不佳了。這還不足深責，等到改「三十六陂春水」為「三十六宮煙水」，就極為可笑了。王安石本意是因在京都中，所以想念江南景物，與皇宮有甚麼關係呢？不學無術的人胡亂猜測作者之意而加以竄改，真是為害不淺啊。他們大概把太一宮當做皇帝內廷的離宮了吧！

❶蜩（tiáo）：蟬。這句是說蟬鳴於楊柳之中，楊柳一片深綠。❷酣：濃，盛。這句是說落日映照下的荷花紅得更濃。❸陂（bēi）：池塘。❹想見：想望，憶想。❺西太一宮：祭祀太一神的宮殿。❻臨川：即撫州，治所在今江西撫州西。王安石《臨川集》始編於北宋末，南宋時有多種刻本。❼切對：切合、密合之對子。猶言「的對」。「柳」對「荷」，「葉」對「花」。❽煙水：薄煙籠水。❾京華：京都。❿預：關涉。⓫意：猜測。⓬禁廷：即內廷。離宮：皇帝正宮以外暫住的宮室。

華元入楚師（四筆卷八）

《左傳》裏的某些記載，確實有點類似小說，如「華元夜入楚師」就是一例。洪邁敢於懷疑，說明他具有高人一籌的見識。

《左傳》：楚莊王圍宋①，宋華元夜入楚師②，登子反之牀③，起之曰：「寡君使元以病告④。」子反懼，與之盟⑤，而退三十里。杜注曰⑥：「兵法：因其鄉人而用之，必先知其守將左右謁者⑦、門者之姓名，因而利道之⑧。華元蓋用此術，得以自通。」予按前三年晉、楚邲之戰⑨，隨武子稱楚之善曰⑩：

❶楚莊王：春秋楚王，五霸之一。楚莊王在公元前597年曾討伐蕭國，宋救蕭。所以次年莊王即進兵伐宋。❷華元：春秋時宋國大夫，他夜入楚師事見於《左傳・宣公十五年》，時當公元前594年，即宋文公十七年。❸子反：公子側，字子反，為楚莊王的司馬，圍宋時他是主帥。❹寡君：稱本國君主叫寡君。病：疾苦，此處指飢餓。當時楚圍宋已久，城中食盡。❺盟：古代兩國於神前立誓締約。❻杜：指杜預，西晉軍事家、學者，字元凱。曾著《春秋經傳集解》，對《春秋經》和《左傳》作注解。❼謁者：官署中負責通報的人員。❽道：通「導」，誘導。❾邲（bì）之戰：公元前597年，楚軍攻鄭，晉兵往救，過黃河後，駐紮在敖、鄗兩山之間，內部意見不統一，或主戰，或主和，楚軍便趁機在邲（在今河南滎陽北）突然進兵，大敗晉軍，該戰奠定了楚莊王的霸主地位，其經過見《左傳・宣公十二年》。❿隨武子：即士會，春秋時晉國大夫。食邑在隨（今山西介休東南），時為上軍之將。

據《左傳》記載：楚莊王圍宋，宋國華元夜間進入楚軍，登上子反的牀，將他弄起來，說：「寡君叫華元我把城中的困難告訴你。」子反害怕了，跟他盟誓締約，而退軍三十里。杜預注說：「兵法說：憑藉同鄉關係而加以利用，一定先要知道其守將左右負責通報的人員及守門者的姓名，乘便而用利益來引誘他。華元大概是用的這種辦法，而使自己得以進入帳幕中的。」據我考察在這之前三年，晉、楚間在邲地作戰，隨武子稱道楚軍的優點時，說：

「軍行，右轅⑪，左追蓐⑫，前茅慮無⑬，中權後勁⑭，軍政不戒而備⑮。」大抵言其備豫之固。今使敵人能入上將之幕而登其牀⑯，則刺客奸人，何施不得？雖至於王所可也，豈所謂軍制乎？疑不然也！《公羊傳》云⑰：「楚使子反乘堙而窺宋城⑱，宋華元亦乘堙而出見之。」其說比《左氏》為有理。

⑪轅：指將車之轅。右轅是說右軍順着將車之轅所指的方向而進退。楚軍分為左右前後中五部。⑫追蓐：楚方言。當是指左軍所列成的一種隊形。⑬茅：茅（旄）旌。以旄牛尾為裝飾的旗幟。古之軍制，前軍探道，以旌為標識，以告後軍。慮無：備預意外。⑭中權：以中軍主謀略，統轄各軍。⑮戒：敕令，號令。⑯幕：篷帳。⑰《公羊傳》：《春秋》三傳之一，着重闡釋《春秋》「大義」，史事記載較簡略。此見《公羊傳・宣公十五年》。⑱堙（yin）：可乘以登城的用具。

「軍隊行進時，右軍順着將軍的車轅方向進退，左軍列成『追蓐』的隊形，前軍舉着旄旌以備預意外，中軍主謀略，後軍為精兵。軍中之事不待號令而自行備辦。」大略是講楚軍防備之牢固。現在竟然讓敵方的人能進入上將的帳幕並且登上了他的牀，那麼刺客奸人，有甚麼行動不能得逞呢？即使是到楚王的住處去也是可能的，哪裏是上面所說的軍制呢？怕不會是這樣的吧！《公羊傳》說：「楚王派子反登堙而窺視宋國都城，宋華元也登堙出來和他相見。」這個說法比《左傳》有理。

過所（四筆卷十）

古代經過關塞和渡口時所用的通行憑證叫做「過所」，但到宋代一般人已不用「過所」這個名詞了，所以洪邁收集了有關文獻，寫了這篇考證。

《刑統・衛禁律》云[1]：「不應度關而給過所[2]，若冒名請過所而度者。」又云：「以過所與人[3]。」又「關津」疏議[4]：「關謂判過所之處[5]，津直度人[6]，不判過所。」《釋名》曰[7]：「過所，至關津以示之。」或曰傳[8]，傳轉也，轉移所在，識以為信。」漢文帝十二年[9]，「除關無用傳[10]」。張晏曰[11]：「傳，信也，若今過所也。」「兩行書繒帛[12]，分持其一，出入關，合之乃得過，謂之傳也。」《魏志》[13]：「倉慈為敦煌太守[14]，西域雜胡欲詣洛者[15]，為封過所[16]。」《廷尉決事》曰[17]：「廣平趙禮詣雒治病[18]，門人賫過所詣洛陽[19]，責禮冒名渡津，受一歲半刑。」徐鉉《稽神錄》[20]：

《刑統・衛禁律》說：「不應過關而發給過所，其罪跟冒名求得過所而過關的人相同。」又說：「拿過所給人。」又「關津」疏議說：「關指查驗過所的地方，津僅是渡人，不查驗過所。」《釋名》說：「過所，到關津時出示，也叫做傳。傳，是轉的意思，人們從他所在的地方向別處轉移時用來標識身份，以作為憑信。」漢文帝十二年，「取消過關用傳的規定」。張晏說：「傳，就是憑信，就像今天的過所。」「分兩行在繒帛上書寫，分別拿着其中一半，出入關，合得上才能通過，

「道士張謹好符法㉑，客游華陰㉒，得二奴，曰德兒、歸寶，謹願可憑信㉓。

叫做傳。」《魏志》說：「倉慈為敦煌太守時，西域各少數民族人有想到洛陽去的，倉慈就為他們封緘過所。」《廷尉決事》說：「廣平郡趙禮到洛陽治病，門人帶着過所跑到洛陽，責備趙禮冒名過渡口，服一年半的刑。」徐鉉《稽神錄》說：「道士張謹喜歡符法，在華陰客遊，得到兩個奴僕，叫德兒、歸寶，謹慎老實可以信賴。

❶《刑統》：即《宋刑統》，是宋代的主要法典。五代後周顯德年間即命張湜等人依據唐代法典編成《大周刑統》，並附以訓釋，宋太祖建隆四年（963）命竇儀、蘇曉等人參照《大周刑統》撰成《宋刑統》，並擴充舊疏議，加以頒行。《衛禁律》：對擅自闖入宮禁、太廟、非法過關渡津以及宿衛兵士違制等行為的處罰條例。❷度：過。關：要塞，關口。❸與：給予。❹「關津」疏議：指《宋刑統．衛禁律》「諸關津度人，無故留難者……」句下之疏議。津，渡口。❺判：分辨，查驗。❻直：特，只是。❼《釋名》：東漢劉熙撰。該書以音同或音近的字解釋字詞意義，推究事物所以命名的由來，分《釋天》、《釋地》等二十七篇。該處所引見其《釋書契》篇，但今本是先釋「傳」而連及「過所」，與此處所引有異。❽傳（zhuàn）：持以通行的符信。用木片或絲帛製成，分為兩半，合之乃得通行。❾漢文帝十二年：即公元前168年。❿「除關」句：見《漢書．文帝紀》。⓫張晏：三國時魏人，有《西漢書音釋》四十卷，顏師古注《漢書》時引用其書。⓬繒（zēng）帛：古代絲織品的總稱。此處是顏師古注引如淳。如淳是三國時魏國人，曾作《漢書注》。⓭《魏志》：即《三國志．魏書》。所引見《倉慈傳》。⓮倉慈：魏明帝太和年間為敦煌太守，當地少數民族有的想進入內地朝貢和貿易，倉慈為他們頒發過所。⓯西域：指蔥嶺以西諸國。⓰封：指加蓋印章而密封。⓱《廷尉決事》：《新唐書．藝文志》有《廷尉決事》二十卷，是西漢時的刑法書。⓲廣平：郡名，治所在河北雞澤東南。雒：洛陽城。故址在今洛陽白馬寺東。⓳賫（jī）：攜帶。⓴徐鉉：五代末宋初學者。《稽神錄》：記晚唐、五代異聞神怪的雜記小說。㉑符法：指符籙，道士用來驅鬼召神的迷信道具。㉒華陰：故城在今陝西華陰東南。㉓願：老實。

張東行，凡書囊、符法、過所、衣服，皆付歸寶負之㉔。將及關，二奴忽不見，所賫之物，皆失之矣。時秦隴用兵㉕，關禁嚴急，客行無驗，皆見刑戮㉖。既不敢東度，復還，主人乃見二兒，因擲過所還之。」然「過所」二字，讀者多不曉，蓋若今時公憑引據之類㉗，故裒其事於此㉘。

㉔負：背負。㉕秦隴：指今陝西、甘肅一帶。㉖見：被。刑戮（lù）：處死。㉗公憑：指官府發放的證明身份的憑證。引據：指路引，通行的憑證。㉘裒（póu）：聚集。

張謹往東走，所有書囊、符法、過所、衣服，都交給歸寶背着。將要到關時，二奴忽然不見，所帶的物品都失去了。當時秦隴正在用兵，關禁嚴格，出門沒有證驗的過客都被刑戮。於是不敢往東過關，又返回來，主人便叫二兒出見，將過所擲還給他。」但是「過所」二字，讀者大多不知其義，它大概就像今天公憑引據之類，所以將有關過所的事情匯集在這裏。

譏議遷史（四筆卷十一）

前人著書立說，有時會講過頭話。洪邁在這裏指出，王通《中説》和蘇轍《古史》中輕易貶抑《史記》、《漢書》，是極不妥當的。

大儒立言著論[1]，要當使後人無復擬議[2]，乃為至當。如王氏《中說》謂[3]：「陳壽有志於史[4]，依大議而削異端[5]，使壽不美於史，遷、固之罪也[6]。」又曰：「史之失自遷、固始也，記繁而志寡[7]。」王氏之意，直以壽之書過於《漢》、《史》矣，豈其然乎？《元經》續《詩》、《書》[8]，猶有存者，不知能出遷、固之右乎[9]？蘇子由作《古史》[10]，謂「太史公易編年之法[11]，為本紀、世家、列傳，後世莫能易之。然其人淺近而不學，疏略而輕信[12]，故因遷之舊，別為《古史》。」今其書固在，果能盡矯前人之失乎[13]？指司馬子長為淺近不學，貶之已甚[14]，後之學者不敢謂然。

大儒立言著論，應當使後人不能再有非議，才算至當。如王氏《中說》說：「陳壽有志於史學，能依據正道而削除異端，使陳壽在史學方面不完美，是司馬遷、班固的罪過。」又說：「史的失誤是從司馬遷、班固開始的，記事部分繁而志少。」王氏的意思，簡直認為陳壽的書超過了《漢書》、《史記》，難道是這樣嗎？《元經》號稱接續《詩經》、《尚書》，這本書還在，不知能出於司馬遷、班固之上嗎？蘇轍作《古史》，說：「太史公改變編年記事的方法，創為本紀、世家、列傳，後世不能改變他的這個體系。但其人淺陋而不學，疏略而輕信，所以我就着司馬遷的原書，另撰《古史》。」現在《古史》這書仍然存在，果真能盡改前人的失誤嗎？指斥司馬遷為淺陋不學，貶得也太厲害了，後來學者不敢說這樣的話。

❶立言著論：提出學說言論。❷擬議：這裏是非議的意思。❸王氏：指王通，隋代學者，為河汾教授，曾仿《春秋》作《元經》，又仿《論語》而作《中說》。❹陳壽：少時在蜀師事名士譙周，後入魏、晉，編有《三國志》等史書。❺異端：不符合儒家聖人之道的學說。晉人曾稱道《三國志》：「辭多勸誡，明於得失，有益風化。」（見《晉書・陳壽傳》）。❻「使壽不美於史」二句：即指《三國志》沒有表、志兩部分內容。參看下注。❼「記繁而志寡」句：《史記》首創紀傳體，即以「本紀」敘帝王；以「世家」記述王侯封國和特殊人物；用「表」以統系年代、世系及人物等；用「書」記載典章制度的源流和文化發展過程；用「列傳」記人物、民族及外國。《漢書》併「世家」於「列傳」，改「書」為「志」。在這種紀傳體中，紀、（世家）、傳等均屬記事部分，該部分遠較「志」為多。但是陳壽《三國志》有紀傳而無表、志。主要是由於材料的限制，比如蜀國無史官，所傳均私家搜採之書，自然很少有蜀國典章制度的記載。❽《元經》：編年體史書，起於晉太熙元年（290），終於隋開皇九年（589）。❾右：上。❿《古史》：這是蘇轍改編司馬遷《史記》而成的書，對《史記》中個別失考之處頗有糾正，而史實評價也頗有出入，但也不免臆斷之處。⓫太史公：指司馬遷。編年之法：按年代記事的方法。這是先秦以來史書的通常寫法，叫做編年體。⓬疏略：指《史記》對一些史料的考證不精。輕信：指《史記》採錄了一些諸如周穆王見西王母之類的傳說。⓭矯：改正。⓮已甚：太甚。

二朱詩詞（四筆卷十三）

洪邁對詩詞很有鑒賞力，這裏表彰了朱載上、朱翌父子的幾首好詩詞，確實值得一讀。

朱載上，舒州桐城人[1]，為黃州教授[2]，有詩云：「官閒無一事，蝴蝶飛上階。」東坡公見之，稱賞再三，遂為知己。中書舍人新仲翌[3]，其次子也，有家學，十八歲時，戲作小詞，所謂「流水泠泠，斷橋斜路梅枝亞」者[4]。朱希真見而書諸扇[5]，今人遂以為希真所作。又有《摺疊扇》詞云：「宮紗蜂趕梅[6]，寶扇鸞開翅[7]。數摺聚清風，一捻生秋意[8]。搖搖雲母輕[9]，裊裊瓊枝細[10]。莫解玉連環[11]，

❶ 舒州桐城：即今安徽桐城。❷ 黃州：治所在今湖北黃岡。教授：負責州學考試等事，是清閒之官，故下邊詩説「官閒無一事」。❸ 新仲翌：朱翌，字新仲，高宗紹興年間曾為中書舍人。❹ 泠泠（líng）：形容聲音清越。亞：通「壓」，低垂貌。❺ 朱希真：朱敦儒，字希真，有詞集《樵歌》。❻ 宮紗：用紗製的扇子。蜂趕梅：扇面上所繪梅花逼真，引得蜜蜂追趕。❼ 鸞：神話中鳳凰一類的鳥，鸞開翅形容扇子打開時的情景。❽ 捻（niǎn）：捻有聚合成股的意，「一捻」即「一股」，與上句「數摺」相對。❾ 雲母：指扇上的玉石小裝飾。❿ 裊裊（niǎo）：纖長柔美貌。瓊枝：指摺疊扇的扇骨。⓫ 玉連環：指將扇骨拴到一起的繩環。

朱載上是舒州桐城人，擔任黃州教授時，有詩道：「官閒無一事，蝴蝶飛上階。」蘇東坡看到後，再三讚賞，便成為知己。中書舍人新仲朱翌是他的次子，繼承了家學，十八歲時，戲作小詞，即所謂「流水泠泠，斷橋斜路梅枝亞」那一首。朱敦儒看到後把它書寫到扇子上，今人便把它當做敦儒所作。朱翌又有《摺疊扇》詞説：「宮紗蜂趕梅，寶扇鸞開翅。數摺聚清風，一捻生秋意。搖搖雲母輕，裊裊瓊枝細。莫解玉連環，

怕作飛花墜。」公親書稿固存，亦因張安國書扇⑫，而載於《于湖集》中。其詠五月菊詞云⑬：「玉台金盞對炎光⑭，全似去年香。有意莊嚴端午⑮，不應忘卻重陽⑯。菖蒲九節，金英滿把⑰，同泛瑤觴⑱。舊日東籬陶令⑲，北窗正傲羲皇⑳。」淵明於五六月高臥北窗之下，清風颯至㉑，自謂羲皇上人㉒。用此事於五月菊，詩家歎其精切云。

⑫ 張安國：張孝祥，字安國，善詩詞文章，有《于湖集》傳世。⑬ 詠五月菊詞：即《朝天措・五月菊》。⑭「玉台金盞」句：此句是寫飲菊花酒。⑮ 莊嚴：裝飾。⑯ 重陽：農曆九月九日為重陽節，此時菊花盛開，人們登高，賞菊，飲菊花酒。⑰ 金英：指菊花花瓣。⑱ 泛：浮。觴（shāng）：古代盛酒器。⑲ 陶令：指陶淵明，因他曾做過彭澤縣令，故稱陶令。其《飲酒》二十首之六有「采菊東籬下，悠然見南山」之句。⑳ 羲皇：指伏羲。㉑ 颯至：即颯然而至，「颯」指風聲。㉒ 羲皇上人：古人想像伏羲以前的人無憂無慮，生活閒適。陶淵明高臥北窗事見其《與子儼等疏》。

怕作飛花墜。」朱公手稿仍在，但也因張孝祥把它寫到扇上，而載入《于湖集》中。朱翌詠五月菊的一首詞說：「玉台金盞對炎光，全似去年香。有意莊嚴端午，不應忘卻重陽。菖蒲九節，金英滿把，同泛瑤觴。舊日東籬陶令，北窗正傲羲皇。」淵明在五六月間高臥於北窗之下，清風颯然而至，自認為是羲皇以前的人。用此事來歌詠五月菊，詩人們都讚歎其精當。

梁狀元八十二歲（四筆卷十四）

宋人喜作筆記，多記當時見聞。但有的作者不注重事實的準確性，往往貽誤後學，陳正敏《遁齋閒覽》所記梁灝歲數即是此類，洪邁在這裏加以駁正。

陳正敏《遁齋閒覽》①：「梁灝八十二歲②，雍熙二年狀元及第③。其謝啟云④：『白首窮經，少伏生之八歲⑤；青雲得路，多太公之二年⑥。』後終祕書監⑦，卒年九十餘。」此語既著，士大夫亦以為口實⑧。予以國史考之，梁公字太素，雍熙二年廷試甲科⑨，景德元年以翰林學士知開封府⑩，暴疾卒，年四十二。子固亦進士甲科⑪，至直史館⑫，卒年三十三。史臣謂：「梁方當委遇⑬，中途夭謝⑭。」又云：「梁之秀穎⑮，中道而摧⑯。」明白如此，遁齋之妄不待攻也。

陳正敏《遁齋閒覽》說：「雍熙二年，梁灝八十二歲考中狀元。他的謝啟說：『白首窮經，少伏生之八歲；青雲得路，多太公之二年。』後在祕書監任上去世，年九十餘歲。」這話寫出來後，士大夫也就把它當做話柄。我根據國史加以考察，梁公字太素，雍熙二年（985）廷試中甲等，景德元年（1004）以翰林學士身份擔任開封府知府，得急病而死，享年四十二。其子梁固也是中進士甲等，官至直史館，去世時三十三歲。史臣說：「梁灝正當被賞識而委以重任時，卻中途夭逝。」

又說：「梁灝出類拔萃，中途摧折。」明白如此，陳正敏的虛妄之說不攻自破。

❶《遁齋閒覽》：北宋陳正敏在徽宗崇寧、大觀年間所作。陳正敏自號遁翁。❷梁灝（hào）：《宋史》本傳説他景德元年（1004）去世，時九十二歲，則他在雍熙二年（985）中進士第一、殿試第一名，其時當為七十二歲，也是為陳説所誤。❸雍熙：宋太宗年號（984—987）。狀元：宋以殿試第一名為狀元。❹謝啟：即向皇帝謝恩的書奏。❺伏生：西漢今文《尚書》的最早傳授者。漢文帝派人向他學《尚書》，他年已九十。❻太公：即西周時的姜尚。《説苑》説他年七十時，在渭水垂釣，得遇文王。也有説是他八十歲時的事情。❼祕書監：宋代中央負責書籍圖冊的機構叫祕書省，其長官稱監。❽口實：話柄。❾廷試：指禮部會試之後的殿廷考試，通常由皇帝主持。❿景德：宋真宗年號（1004—1007）。⓫甲科：宋代貢舉考試，進士等科的合格者，分成幾個等級，稱一甲、二甲、三甲，而俗稱一甲為甲科。⓬直史館：館職之一。宋承唐制，置史館、昭文館、集賢院，各有直館、直院、修撰等官，為文臣清貴之職。⓭委遇：得到賞識而被委以重任。⓮夭謝：本指花盛開時謝落，比喻夭逝。⓯秀穎：指出類拔萃，脱穎而出。⓰摧：敗。

官稱別名（四筆卷十五）

中國古代的職官除正式名稱之外，常有許多習慣性的叫法。洪邁在這裏列舉唐代的許多叫法，為讀史者提供了方便。

唐人好以它名標榜官稱①，今漫疏於此②，以示子姪之未能盡知者。太尉為掌武③，司徒為五教④，司空為空土⑤，侍中為大貂⑥，散騎常侍為小貂⑦，御史大夫為亞台、為亞相、為司憲⑧，中丞為獨坐、為中憲⑨，

❶標榜：標稱。❷疏：分條記述。❸太尉：唐代三公（太尉、司徒、司馬）之一，為正一品官，無實際執掌。但在漢代，太尉負責全國軍事，故唐人據此稱掌武。❹五教：《尚書・舜典》說，司徒的職責在於傳佈五教，「五教」指父義、母慈、兄友、弟恭、子孝，故稱。❺空土：司空原為西周官名，又作「司工」，掌土木工程，故稱「空土」。❻大貂：侍中在唐代為門下省長官。但在漢代，侍中與散騎、中常侍等均為加官，且多以宦官擔任，其冠以璫和貂尾為飾，唐人據此稱侍中為「大貂」。❼散騎常侍：唐代在門下省設左散騎常侍二人，在中書省設右散騎常侍二人，該官稱開始是散騎與中常侍的合稱，侍中既稱大貂，故稱此為「小貂」。❽亞台、亞相：古稱宰相為台輔，而御史大夫在秦漢為副宰相，故有此二稱。司憲：唐代御史大夫是御史台的長官，後周時即稱御史台為司憲（主掌法紀的意思），唐人因稱其長官為司憲。❾中丞：即御史中丞，東漢以來為御史台長官，但唐代則只是副長官。獨坐：據《後漢書・宣秉傳》載，東漢光武帝曾特詔御史中丞與司隸校尉、尚書令，在朝會時，並得專席而坐，故人們稱之為「三獨坐」。

唐人喜歡以別名來稱呼官號，現隨記於此，以告示我子姪中不能盡知的人。太尉稱為掌武，司徒稱為五教，司空稱為空土。侍中稱為大貂，散騎常侍稱為小貂。御史大夫稱為亞台、亞相、司憲，御史中丞稱為獨坐、中憲，

侍御史為端公、南牀、橫榻、雜端⑩，又曰脆梨⑪，殿中為副端⑫，又曰開口椒⑬，監察為合口椒⑭，諫議為大坡、大諫⑮，補闕（原注：今司諫）為中諫⑯，又曰補袞⑰，拾遺（原注：今正言）為小諫，又曰遺公。給事郎為夕郎、夕拜⑱，知制誥為三字，起居郎為左螭⑲，舍人為右螭⑳，又並為修注。吏部尚書為大天㉑，禮部為大儀，兵部為大戎㉒，刑部為大秋㉓，工部為大起㉔，吏部郎為小選、為省眼㉕，考功、度支為振行㉖，禮部為小儀、為南省舍人㉗，今曰南宮㉘，刑部為小秋㉙，祠部為冰（原注：柄）廳㉚，比部為比盤㉛，

侍御史稱為端公、南牀、橫榻、雜端，又叫脆梨，殿中侍御史稱為副端，又叫開口椒，監察御史稱為合口椒。諫議大夫稱為大坡、大諫，補闕（原注：即今之司諫）稱為中諫，又叫補袞，拾遺（原注：即今之正言）稱為小諫，又叫遺公。給事郎稱為夕郎、夕拜，知制誥稱為三字，起居郎稱為左螭，起居舍人稱為右螭，又共稱為修注。吏部尚書稱為大天，禮部尚書稱為大儀，兵部尚書稱為大戎，刑部尚書稱為大秋，工部尚書稱為大起，吏部郎稱為小選、省眼，考功郎、度支

郎稱為振行，禮部郎稱為小儀、南省舍人，今天叫作南宮。刑部郎稱為小秋，祠部郎稱為冰（原注：柄）廳，比部郎稱為比盤，

⑩端公：侍御史有彈劾非法、奉詔推審之責，而台內事務又都由他主持，稱為台端，他人稱之為端公、雜端。南牀、橫榻：侍御史食坐之南特設橫榻，叫做南牀，只有侍御史能坐，故稱。⑪脆梨：據唐代韓琬《御史台記》說，官至侍御史，便漸漸嚐到了佳味，故稱此職為「脆梨」。⑫殿中：殿中侍御史。負責糾察朝見、祭祀時官員失儀者。⑬開口椒：言其毒辣。⑭監察：監察御史。合口椒：言其更辣。⑮諫議：諫議大夫，屬門下省。大坡：據《談錄》說：唐代諫議大夫位次在給事中、中書舍人之上，但按官職升遷次序，諫議大夫一遷為給事中，再遷為中書舍人。這種情形猶如上了坡又下坡。故戲稱為「大坡」。⑯補闕：唐門下省、中書省各設左、右補闕，左、右拾遺，均為諫官。⑰袞（gǔn）：皇帝所穿禮服，補袞比喻補救皇帝缺行。⑱給事郎：給事中，屬門下省，掌駁議詔書。夕郎、夕拜：漢代給事中入侍皇帝，至日暮時則對青鎖門而拜，故稱為「夕郎」或「夕拜」。⑲起居郎：唐代於門下省設起居郎，中書省設起居舍人，負責修起居注。都隨宰相入殿，預聞奏事，在紫宸內閣，則夾香案立殿下，正當第二螭（殿陛間壓階石鐫鑿之飾）。故有左螭、右螭之稱。⑳舍人：即起居舍人。右螭：見上注。㉑大天：北周用《周禮》六官（天、地、春、夏、秋、冬官）代替尚書省六部，而天官大塚宰即相當於原吏部尚書。㉒大戎：兵部尚書主戎事，故稱。㉓大秋：刑部尚書相當於《周禮》秋官大司寇，又秋天主殺，萬物收斂，故稱刑部為「大秋」。㉔大起：工部尚書掌土木興造之事，故稱「大起」。㉕吏部：指吏部司。尚書省吏部之下分吏部、司封、司勳、考功四司。郎：指各司的長官郎中和副長官員外郎。省眼：據《職林》說，吏部郎從魏晉以來，品秩地位高於其他司，在尚書省中惹人注目，故稱「省眼」。㉖考功：考功郎負責官員考核之事。度支：為戶部四司之一，負責錢穀漕運之事。㉗禮部：即禮部司郎中、員外郎。尚書省禮部之下分禮部、祠部、膳部、主客四司。禮部具體負責省試，「省」即指尚書省，因其在皇宮之南，故稱「南省」，人們因而稱禮部郎為「南省舍人」。㉘南宮：宋代稱禮部為「南宮」，以便與「南省」相區別，而稱禮部郎為「南宮舍人」。㉙刑部：刑部郎。刑部指尚書省刑部下四司之一刑部司。㉚冰廳：《因話錄》說：「祠部呼為冰廳，言其清且冷也。」祠部負責祭祀事宜，故言冷清。㉛比部：尚書省刑部下有刑部、都官、比部、司門四司，比部郎負責審計稽核。《唐國史補》說：「比部得廊下食，以飯從者號比盤。」

又曰昆腳皆頭[32]，屯田為田曹[33]，水部為水曹，諸部郎通曰哀烏、依烏[34]。太常卿為樂卿[35]，少卿為少常、奉常[36]，光祿為飽卿[37]，鴻臚為客卿、睡卿[38]，司農為走卿[39]，大理為棘卿[40]，評事為廷平[41]，將作監為大匠[42]，少監為少匠，祕書監為大蓬[43]，少監為少蓬。左右司為都公[44]，太子庶子為宮相[45]，宰相呼為堂老[46]，兩省相呼為閣老[47]，尚書丞郎為曹長，御史、拾遺為院長。下至縣令曰明府[48]，丞曰贊府、贊公[49]，尉曰少府、少公、少仙[50]，此已見前《筆》[51]。

又叫昆腳皆頭，屯部郎稱為田曹，水部郎稱為水曹，諸部郎官合稱為哀烏、依烏。太常寺卿稱為樂卿，太常寺少卿稱為少常、奉常，光祿寺卿稱為飽卿，鴻臚寺卿稱為客卿、睡卿，司農寺卿稱為走卿，大理寺卿稱為棘卿，大理評事稱為廷平，將作監稱為大匠，將作少監稱為少匠，祕書監稱為大蓬，祕書少監稱為少蓬。尚書省左、右司郎中稱為都公，太子庶子稱為宮相，宰相稱呼為堂老，兩省相互稱為閣老，尚書左右丞、左右司郎中稱為曹長，御史、拾遺稱為院長。下至縣令叫明府，縣丞叫贊府、贊公，縣尉叫少府、少公、少仙，這已見於前一卷《容齋三筆》。

㉜昆腳皆頭：昆字的下部，皆字的上部，即「比」字，此隱語。㉝屯田：工部有工部、屯田、虞部、水部四司，屯田郎中負責邊地屯墾。曹：曹司。㉞哀烏、依烏：本指眾星聚集貌，五帝座後有十五星相聚，即名哀烏（見《漢書・天文志》），眾郎雲集，因以此相稱。㉟樂卿：太常寺掌禮樂，故稱其長官為「樂卿」。㊱少卿：指太常少卿。漢代未有少卿之設，北魏於九卿之下各置少卿，隋、唐沿襲。奉常：太常在秦稱奉常。此借古稱。㊲光祿：光祿寺卿因掌管皇帝膳食，故稱之為「飽卿」。㊳鴻臚：漢代稱大鴻臚，原本負責接待外國使者。但唐代禮部有主客司，此卿便無事可做了。㊴走卿：尚書六部二十四司設置後，秦漢以來的九卿便成為事務機關。司農寺卿聽命於倉部，軍餉給養等事均由其奔走，故號「走卿」。㊵棘（jí）：酸棗樹。棘卿：大理寺卿掌刑獄，《周禮・秋官》說古代斷獄之所，植有三槐九棘。㊶評事：即大理評事。㊷將作監：具體負責修繕建造之事，該官在漢代稱「將作大匠」。㊸大蓬：祕書省藏書豐富，且其為官清要，學者視之為老氏（周柱下史老子）藏室、道家蓬萊山。故稱其長官為「大蓬」。㊹左右司：指尚書省左、右司郎中，兩郎中分別為左、右丞之副。左丞、左司郎中負責吏、戶、禮三部十二司；右丞、右司郎中負責兵、刑、工三部十二司。故稱「都公」。㊺太子庶子：東宮官，負責輔相太子。㊻堂老：唐代眾宰相在政事堂集體辦公，故呼為「堂老」。㊼兩省：指門下省、中書省。㊽明府：是明府君的簡稱。漢代以來即尊稱縣令為明府。㊾丞：縣丞，負責協助縣令處理政務。贊：幫助、輔助的意思。㊿尉：縣尉，負責一縣治安。少仙：漢代梅福任「南昌」尉時有神仙之稱，因稱縣尉為「少仙」。(51)「此已見」句：見《三筆》卷一《贊公少公》。

元微之詩（五筆卷二）

前人詩文，多有未曾編進集子裏的逸篇，後人常為之收拾補入本集。元稹的這首《春遊》詩在今流傳的六十卷本《元氏長慶集》仍未收入，明馬元調刻本把它編入《補遺》。

《唐書・藝文志》：元稹《長慶集》一百卷①，《小集》十卷。而傳於今者，惟閩、蜀刻本為六十卷②。三館所藏③，獨有《小集》。文惠公鎮越④，以其舊治⑤，而文集蓋缺⑥，乃求而刻之。外《春遊》一篇云：「酒户年年減，山行漸漸難。欲終心懶慢⑦，轉恐興闌散⑧。鏡水波猶冷，稽峯雪尚殘⑨。不能辜物色⑩，乍可怯春寒⑪。遠目傷千里，新年思萬端。」

❶《唐書・藝文志》：指《新唐書・藝文志》。❷閩、蜀刻本：閩本指福建建陽的刻本，蜀本指四川眉山的刻本。❸三館：指史館、昭文館、集賢院。三館掌修史、藏書、校書。❹文惠公：指洪邁兄洪适。孝宗時官至同中書門下平章事，兼樞密使。後罷官。起復為浙江東路安撫使。安撫使負責轄內軍務治安，文中所謂「鎮越」即指此。洪适死後謚文惠。❺以其舊治：穆宗長慶三年（823）冬，元稹自同州刺史遷越州刺史、浙東觀察使。越州治所在今浙江紹興。❻蓋：句中語氣詞。❼欲終：指春遊時不想半途而返，想遊完。❽闌（lán）：殘，盡。❾鏡水：指鏡湖之水。鏡湖在今紹興會稽山北麓。稽峯：會稽山之峯。❿辜：辜負。物色：風物，景色。⓫乍可：寧可，怎麼可以。

《唐書・藝文志》載元稹《長慶集》一百卷，《小集》十卷，而流傳到今天的，只有閩刻本和蜀刻本有六十卷。三館所收藏的，只有《小集》。文惠公鎮守越州時，因為越州是元稹過去曾為官的地方，而元稹文集有缺失，便加以搜求刊刻。另有《春遊》一篇說：「酒戶年年減，山行漸漸難。欲終心懶慢，轉恐興闌散。鏡水波猶冷，稽峯雪尚殘。不能辜物色，乍可怯春寒。遠目傷千里，新年思萬端。」

無人知此意，閑凭小闌干⑫。」白樂天書之，題云「元相公《春遊》」。錢思公藏其真跡⑬，穆父守越時⑭，摹刻於蓬萊閣下，今不復存。集中逸此詩⑮，文惠為列之於集外。李端民平叔嘗和其韻寄公云⑯：「東閣經年別⑰，窮愁客路難。望塵驚岳峙⑱，懷舊各雲散。茵醉思逾厚⑲，檣歌興未殘。馮唐嗟已老⑳，范叔敢言寒㉑。玉燭調魁柄㉒，陽春在筆端。應憐掃門役㉓，白首滯江干㉔。」樂天所書，予少時得其石刻，後亦失之。

無人知此意，閑凭小闌干。」白居易書寫了這首詩，題為「元相公《春遊》」。錢惟演收藏了他的真跡，錢勰為越州知州時，把它摹刻在蓬萊閣下，現在刻石已不留存了。元稹集中散佚了這首詩，文惠公把它列入集外。李端民曾依着這首詩的韻腳寫詩寄給文惠公說：「東閣經年別，窮愁客路難。望塵驚岳峙，懷舊各雲散。茵醉思逾厚，檣歌興未殘。馮唐嗟已老，范叔敢言寒。玉燭調魁柄，陽春在筆端。應憐掃門役，白首滯江干。」白居易所書寫的，我年輕時得到它的石刻，後來也弄丟了。

⑫闌干：欄杆。⑬錢思公：錢惟演，吳越王錢俶次子，隨父歸宋，博學善文辭，仁宗朝官至樞密使。死後謚思。⑭穆父：錢勰，字穆父。吳越王錢倧的曾孫，在神宗、哲宗朝為官。哲宗時曾出知越州。⑮逸：散失。⑯李端民平叔：李端民，字平叔，紹興十一年（1141）為黃巖縣（今浙江黃巖）縣令。⑰東閣：宰相接待客人的房間稱東閣。⑱峙：聳立。這句是仰慕洪适官高位尊。⑲茵：指茵蓆，墊褥。⑳馮唐：西漢人，文帝時為郎中署長，直言敢諫，武帝時徵召賢良，馮唐已年逾九十，不能為官，便任其子為郎。㉑范叔：指戰國時的范睢，字叔，初在魏中大夫須賈門下，因被懷疑與齊國有勾結而被責打，佯死得免。後遊說秦王，至相位，須賈出使秦國，范睢穿破衣來見須賈，須賈說：「范叔一寒如此哉！」便送給他一件綈袍。㉒玉燭：指四季氣候調和（據《爾雅‧釋天》）。魁柄：指北斗星的斗柄。「調魁柄」是說星轉斗移，季節更替。㉓掃門役：掃門之事，廝役幹的活。這句是說自己身處低賤。㉔干：崖岸、水邊。

嘉祐四真（五筆卷三）

在封建社會裏，做官做得真正稱職是很不容易的。洪邁在這裏舉出的「四真」固然值得人們景仰，但也不正說明此外不稱職的太多了嗎？

嘉祐中，富韓公為宰相①，歐陽公在翰林②，包孝肅公為御史中丞③，胡翼之侍講在太學④，皆極天下之望⑤。一時士大夫相語曰：「富公真宰相，歐陽永叔真翰林學士，包老真中丞，胡公真先生。」遂有四真之目⑥，歐陽公之子發、棐等⑦，敍公事蹟，載此語，可謂公言。

❶嘉祐：宋仁宗年號（1056—1063）。富韓公：富弼，仁宗朝大臣，曾主持防禦西夏事，慶曆初拜樞密副使，與范仲淹等推行慶曆新政，至和二年（1055）召拜同中書門下平章事，當時號稱賢相。❷歐陽公：歐陽修在嘉祐初被任命為翰林學士，嘉祐二年主持禮部貢舉，提倡平易曉暢的古文，天下文風大變，他在翰林共八年，參議政事，知無不言。❸包孝肅公：包拯，仁宗天聖年間進士，累遷監察御史，歷京東、陝西、河北轉運使，後又知諫院。嘉祐年間歷權知開封府、權御史中丞等職，終樞密副使，謚孝肅，為官以斷案明敏正直、不避權貴而著稱。❹胡翼之：北宋學者胡瑗，字翼之，精通經術，曾為湖州教授，仁宗皇祐中任國子監直講，嘉祐初為天章閣侍講，仍主持太學。❺極：盡。❻目：看法，説法。❼發、棐（fěi）：歐陽發是胡瑗弟子，精通儒學經術。歐陽棐中進士乙科，曾在襄州、蔡州等地為官。

嘉祐年間，韓國公富弼任宰相，歐陽修在翰林，孝肅公包拯擔任御史中丞，胡瑗侍講在太學，都是在全國極負名望的人物。一時間士大夫互相議論道：「富公是真正的宰相，歐陽修是真正的翰林學士，包老是真正的御史中丞，胡公是真正的先生。」於是便有了四真的説法。歐陽修的兒子歐陽發、歐陽棐等人敍述歐陽修的事蹟，記載了這些話，可説得上是公正的看法。

韓文稱名（五筆卷四）

古人向他人提及自己時，為了表示尊敬，要自稱其名。因此洪邁在這裏指出韓愈在文章中謙稱「愈」是對的，而歐陽修的文章中說到君上處也自稱「予」，是不合適的。

歐陽公作文，多自稱「予」，雖說君上處亦然，《三筆》嘗論之矣①。歐公取法於韓公②，而韓不然。《滕王閣記》、《袁公先廟》為尊者所作③，謙而稱名，宜也。至於《徐泗掌書記壁記》、《科斗書後記》、《李虛中墓誌》之類④，皆曰「愈」，可見其謙以下人⑤。後之為文者，所應取法也。

❶「《三筆》」句：見《三筆》卷十二《作文字要點檢》，彼文載歐陽修在記敘自己觀賞仁宗親筆書法作品的經過時，自稱曰「予」。❷「歐公」句：參見《國初古文》事。❸《滕王閣記》：即《新修滕王閣記》，韓愈應江西觀察使王仲舒之約而作，參見《王勃文章》注。文中詳細敘述了韓愈自己一直想到該閣一遊而總未如願的過程。《袁公先廟》：即《袁氏先廟碑》，應荊南節度使袁滋之約而作，文中敘及袁滋約自己作碑經過。❹《徐泗掌書記壁記》：即《徐泗豪三州節度使掌書記廳壁記》，記節度使張建封先後所辟舉的三位掌書記，文章最後說：「愈樂是賓主之相得也，故請刻石以記之。」《科斗書後記》：記韓愈自己從李陽冰之子那裏得到科斗書經籍的前前後後。《李虛中墓誌》：即《殿中侍御史李君墓誌銘》，李虛中服丹中毒，臨死前夢山裂流出赤黃物，韓愈曾為其析夢。❺以：用法同「而」。下人：指屈尊而禮待別人。

歐陽修寫文章，多自稱「予」，雖敘說到君上之處也是這樣，《三筆》曾論及了這件事。歐陽修作文章取法於韓愈，然而韓愈卻不是這樣。《滕王閣記》、《袁公先廟》是為尊者所作，謙遜而稱名，固然應該。至於《徐泗掌書記壁記》、《科斗書後記》、《李虛中墓誌》之類文章，都自稱為愈，可見他謙遜而尊重人，（這才是）後世寫文章的人所應取法的。

嚴先生祠堂記（五筆卷五）

古人做文章有許多講究的地方，洪邁在這裏舉出的兩個事例都很有啟發性，即使在今天也值得借鑒。

范文正公守桐廬[1]，始於釣台建嚴先生祠堂[2]，自為記，用《屯》之初九，《蠱》之上九[3]，極論漢光武之大，先生之高，財二百字[4]。其歌詞云：「雲山蒼蒼，江水泱泱[5]。先生之德，山高水長。」既成，以示南豐李泰伯[6]。泰伯讀之，三歎味不已，起而言曰：「公之文一出，必將名世。某妄意輒易一字，以成盛美。」

❶ 范文正公：北宋政治家范仲淹，死後諡文正。桐廬：即今浙江桐廬。縣中有嚴子陵釣台。范仲淹在仁宗天聖年間出為睦州知州。桐廬是睦州的治所。❷ 嚴先生：嚴光，字子陵，少時與東漢光武帝劉秀同學，劉秀即位後曾多次召他為官。他也曾一度至洛陽帝都，可最終還是歸隱富春山。❸《屯》：六十四卦之一，䷂，初九即從下邊開始時的第一爻，為陽爻，故稱「九」，該爻為《屯》之首爻而處於卦之下端。古人認為它象徵「以貴下賤，大得民也」，范仲淹以此歌頌漢光武帝禮賢下士，大得民心。《蠱》（gǔ）：卦象為䷑，「上九」指最上邊的那一陽爻，爻辭說「不事王侯，高尚其事」，范仲淹借這首爻辭讚揚嚴光的歸隱。❹ 財：通「才」。❺ 泱泱（yāng）：水深廣貌。❻ 南豐：縣名。今屬江西。李泰伯：北宋思想家李覯（gòu），字泰伯，著作有《直講李先生文集》。

范仲淹在桐廬為地方長官時，開始在釣台修建嚴先生祠堂，並親自為它作記，採用《屯》卦初九爻的爻辭，《蠱》卦上九爻的爻辭，極力稱說漢光武帝的弘大，嚴先生的高尚。全文才二百字，最後的歌詞說：「雲山蒼蒼，江水泱泱。先生之德，山高水長。」寫成後，拿着它給南豐李泰伯看。泰伯讀後，再三讚歎玩味，起身說道：「公的文章一出來，一定會成為名世之作。我冒昧地想改一個字，以助成盛美。」

公瞿然握手扣之⑦。答曰：「『雲山』、『江水』之語，於義甚大，於詞甚溥⑧，而『德』字承之，乃似趢趚⑨，擬換作『風』字，如何？」公凝坐頷首⑩，殆欲下拜⑪。張伯玉守河陽，作《六經閣記》⑫。先託游士及在職者各為之，凡七八本，既畢，並會於府。伯玉一一閱之，取紙書十四字，遍示客，曰：「六經閣，諸子、史、集在焉⑬，不書，尊經也⑭。」時曾子固亦預坐⑮，驚起摛伏⑯。邁頃聞此二事於張子韶⑰，不能追憶經閣所在及其文竟就於誰手，後之君子當有知之者矣。

范公不安地握手請問。回答說：「『雲山』、『江水』這些話，在意義上非常大，在詞語上非常廣。而用『德』字來承接它，好像格局太小，打算換作『風』字，怎麼樣？」范公端坐點頭，幾乎想下拜。張伯玉在河陽任長官時，作《六經閣記》。他先請遊士和在本府任職的人各自寫一篇，總共寫了七八篇，寫完後，都集中到了府裏。伯玉一一閱讀過後，拿出紙來寫了十四個字，讓各位客人都看一看，寫的是：「六經閣，諸子、史、集在焉，不書，尊經也。」當時曾鞏也在坐，驚起，折服。我前不久從張九成那裏聽說了這兩件事，可惜不能回憶經閣建造的地方以及那篇文章最後是成於誰手，後來的君子當有知道的。

❼瞿然：不安貌。扣：問。❽溥（pǔ）：同「普」。❾趢趚（lù sù）：格局小。❿頷（hàn）首：點頭。⓫殆：幾乎。⓬張伯玉：北宋仁宗朝進士，曾為蘇州郡從事，負責學政，後又為浙東經略安撫使。據《吳都文粹》說，他在此時應邀作《六經閣記》，而《能改齋漫錄》則說作於他任太平州太守時。河陽：即孟州河陽軍（治所在今河南孟州），張伯玉未曾守此，疑有誤。⓭六經閣：州學的藏書樓。諸子、史、集在焉：古代把圖書分為經、史、子、集四大類。⓮這是《六經閣記》的開頭幾句話。⓯曾子固：北宋文學家曾鞏，字子固。初為太平州（治所在安徽當塗）司戶參軍，後為越州通判。⓰摘伏：折服。⓱張子韶：南宋學者張九成，字子韶。

俗語放錢（五筆卷六）

「放債」這個詞語今天仍通用着，從洪邁這裏所說可知此詞語在宋代已出現。洪邁並考證了這個「放」字的起源。

今人出本錢以規利入①，俗語謂之放債，又名生放②。予考之亦有所來。《漢書・谷永傳》云：「至為人起責③，分利受謝。」顏師古注曰④：「言富賈有錢⑤，假託其名，代之為主，放與他人，以取利息而共分之。」此「放」字所起也。

❶規：求取。❷生放：放債以生息，故謂「生放」。這是宋元人的俗語。❸責：同「債」。此句是指後宮外戚而言。❹顏師古：唐代學者，曾作《漢書注》、《匡謬正俗》等書。❺賈（gǔ）：坐商，也泛指商人。

今人借出本錢而求取利息的收入，俗語稱之為放債，又叫生放。據我考察也是有所淵源的。《漢書・谷永傳》說：「以至替人家起債，從中分取利潤、接受酬謝。」顏師古注釋道：「說的是富商有錢，假託其名，代替他們作為主人，放錢財給他人，以便收取利息而分有。」這就是「放」字的起源。

風災霜旱（五筆卷七）

宋代規定，水旱災可以減免賦稅，風災、旱霜以及病蟲害等則無此規定。洪邁注意到這個問題，說明他對民間疾苦還是很關心的。

慶元四年①，饒州盛夏中②，時雨頻降。六七月之間未嘗請禱③，農家水車、龍具④，倚之於壁，父老以為所未見，指期西成有秋⑤，當倍常歲。而低下之田，遂以潦告⑥。餘干、安仁乃於八月罹地火之厄⑦。地火者，蓋苗根及心，蠥蟲生之⑧，莖幹焦枯，如火烈烈，正古之所謂蟊賊也⑨。九月十四日，嚴霜連降，晚稻未實者，皆為所薄⑩，不能復生，諸縣多然。有常產者⑪，訴於郡縣。

❶慶元：宋寧宗年號（1195—1200）。❷饒州：治所鄱陽，即今江西波陽。❸請禱：求雨。❹水車、龍具：即今之所謂龍骨水車。❺西成：按陰陽五行的說法，西方為秋，故把秋季收成叫西成。有秋：有收成、豐收。❻潦（lǎo）：同「澇」。❼餘干：縣名，屬饒州，今屬江西。安仁：縣名，宋初分割原餘干縣地而設。罹（lí）：遇到。厄（è）：災難。❽蠥（niè）：指禽獸蟲蝗之怪。❾蟊（máo）賊：吃稻根及稻莖的害蟲。❿薄：掩襲。⓫常產：固定的產業，這裏指土地。

慶元四年（1198），饒州正當盛夏時，接連降及時好雨，六、七月之間不曾求雨，農民家裏的水車龍具靠在牆壁上不用。父老們認為這是從未見過的，指望秋季糧食豐收，將會成倍地超過平常年份。然而低下的田地，便發生澇災。餘干縣、安仁縣則在八月裏遇到地火之災，地火，是指在苗根苗心，發生了蠥蟲，莖杆乾枯，像被烈火燒過一樣。這正是古人所說的蟊賊。九月十四日，嚴霜連連降下，晚稻還沒有成熟的，都遭到掩襲，不能復生，各縣情況大多如此。有常產的人，都到州縣申訴。

郡守孜孜愛民⑫，有意蠲租⑬，然僚吏多云：「在法無此兩項。」又云：「九月正是霜降節，不足為異。」案白樂天諷諫《杜陵叟》一篇曰⑭：「九月霜降秋早寒，禾穗未熟皆青乾。長吏明知不申破⑮，急斂暴征求考課⑯。」此明證也。予因記元祐五年蘇公守杭日⑰，與宰相呂汲公書，論浙西災傷曰⑱：「賢哲一聞此言，理無不行。但恐世俗諂薄成風⑲，揣所樂聞與所忌諱，爭言無災，或有災而不甚損。八月之末，秀州數千人訴風災⑳，吏以為法有訴水旱而無訴風災，閉拒不納，老幼相騰踐㉑，死者十一人。由此言之，吏不喜言災者，蓋十人而九，不可不察也。」蘇公及此，可謂仁

州長官愛民心切，有減免賦稅的打算，但是僚吏多說：「在法律上沒有這兩項。」又說：「九月正是霜降節，不足為怪。」按白居易諷喻樂府《杜陵叟》一篇說：「九月霜降秋早寒，禾穗未熟皆青乾。長吏明知不申破，急斂暴征求考課。」就是明證。我因而記起元祐五年，蘇軾知杭州時，寫給宰相呂大防信中論浙西災害說：「賢哲一聽到這些話，按道理沒有不實施的。只是恐怕世俗曲意迎合、猜測上級所喜歡聽的與所忌諱的，爭着說沒有災害，或說有災害而損失不大。」「八月底，秀州好幾千人申訴風災，官吏認為法律上規定有申訴水

人之言。豈非昔人立法之初，如所謂風災、所謂旱霜之類，非如水旱之田可以稽考㉒，懼貪民乘時，或成冒濫㉓，故不輕啟其端。今日之計，固難添創條式㉔，但凡有災傷出於水旱之外者，專委良守令推而行之，則實惠及民，可以救其流亡之禍，仁政之上也。

⑫孜孜（zī）：急切，懇切。⑬蠲（juān）：通「捐」，減免。租：賦稅。⑭《杜陵叟》：白居易《新樂府》中的一篇。⑮申破：向上報告說明。⑯斂（liǎn）：徵收（賦稅）。考課：指封建政府每隔一定期限對官吏進行的政績考核。⑰元祐：宋哲宗年號（1086—1094）。蘇公：指蘇軾。他於元祐五年以龍圖閣學士出為杭州知州。⑱蘇軾集中該文的標題為《上呂僕射論浙西災傷書》。呂汲公：即呂大防（1027—1097），元祐初封汲郡公，任尚書左僕射兼門下侍郎，為宰相。浙西：即兩浙西路，治所在今浙江杭州。⑲諂（chǎn）薄：奉承，迎合，不寬厚。⑳秀州：治所在今浙江嘉興。㉑騰踐：奔走踐踏。㉒稽（jī）考：考核、查實。㉓冒濫：假冒。㉔條式：條例法式。

旱而沒有說可以申訴風災，於是拒之門外，老少互相奔騰踐踏，死的有十一人。由此說來，官吏不喜歡說災害的，大概十個人中有九人，不可不明察。」蘇公說到了這一層，可以算得上是仁人之言。恐怕前人立法之初，認為所謂風災、所謂旱霜之類，不像遭水旱的田地可以考察核實，害怕貪民趁此機會，可能造成冒濫，所以不輕易開這個例。現在的辦法，固然難以添設法律條文，但只要發生了出於水旱之外的災害，便專門委派優秀的州縣官去類推實施，這樣實惠就落到了老百姓身上，可以補救他們流亡之禍，這是上上的仁政。

委蛇字之變（五筆卷九）

聯綿詞由兩個音節聯綴而成，而表示音節的字往往並不固定，因而一個聯綿詞就有許多變體，洪邁這裏以「委蛇」為例説明這個問題。

歐公《樂郊詩》云：「有山在其東，有水出逶夷。」近歲丁朝佐《辨正》謂其字參古今之變①，必有所據。予因其說而悉索之，此二字凡十二變。一曰委蛇②，本於《詩・羔羊》③：「退食自公，委蛇委蛇④。」毛公注⑤：「行可從跡也⑥。」鄭箋⑦：「委曲自得之貌。委，於危反⑧。蛇，音移。」《左傳》引此句⑨，杜注云：「順貌。」《莊子》載齊桓公澤中所見⑩，

❶「近歲丁朝佐」句：南宋丁朝佐曾助周必大作《〈文苑英華〉辨證》。❷委蛇（wēi yí）：這一組聯綿詞意思均與屈曲綿長有關。❸《詩・羔羊》：即《詩・召南・羔羊》。❹「退食」二句：描寫官員從公宴吃飽喝足而醉醺醺回家的形態。委蛇是形容走路彎彎曲曲。❺毛公：一般認為是西漢人毛亨，他曾作《毛詩故訓傳》。❻從跡：即蹤跡。「行可蹤跡」是說行走時人們可尋其蹤跡。❼鄭：鄭玄，東漢著名經學家，作有《毛詩箋》等書。「箋」是注釋的一種體裁。❽反：反切，是傳統的一種注音方法，用兩個字拼合成另一個字的音，一般是取上字的聲母，取下字的韻母和聲調。「於危反」拼合成今音就唸 wēi。❾《左傳》引此句：見《左傳・襄公七年》。❿「《莊子》載」句：見《莊子・達生》，篇中說齊桓公打獵時在澤中看見了「委蛇」，「其大如轂，其長如轅」。

歐陽修《樂郊詩》說：「有山在其東，有水出逶夷。」近年丁朝佐《辨證》說這個詞是參古今之變，必有所依據。我根據他的說法盡力搜尋，得知這個詞共有十二種變化。一作「委蛇」，本於《詩・羔羊》：「退食自公，委蛇委蛇。」毛公注：「行可從跡也。」鄭玄箋：「委曲自得之貌。」委，於危反；蛇，音移。《左傳》引用了此句，杜預注：「順貌。」《莊子》記齊桓公在澤中所看到的東西，

其名亦同。二曰委佗[11]，《詩・君子偕老》[12]：「委委佗佗。」毛注：「委委者，行可委曲從跡也。佗者，德平易也。」三曰逶迱[13]，《韓詩》釋上文云[14]：「公正貌。」《說文》：「逶迤[15]，斜去貌。」四曰倭遲[16]，《詩》[17]：「四牡騑騑[18]，周道倭遲。」注：「歷遠之貌。」五曰逶夷，《韓詩》之文也。六曰威夷，潘岳詩[19]：「迴溪縈曲阻[20]，峻阪路威夷[21]。」孫綽《天台山賦》[22]：「既克隮於九折[23]，路威夷而修通。」李善注引《韓詩》「周道威夷」[24]，薛君曰[25]：「威夷，險也。」七曰委移，《離騷經》[26]：「載雲旗之委蛇[27]。」一本作「逶迤」，一本作「委移」。注[28]：「雲旗委移，長也。」八曰逶移，

其名稱也與此相同。二作「委佗」，《詩・君子偕老》：「委委佗佗。」毛公注：「委委者，行可委曲從跡也。佗者，德平易也。」三作「逶迱」，《韓詩》解釋前面所舉《詩經》之文時說：「公正貌。」《說文》說：「逶迤，斜去貌。」四作「倭遲」，《詩》：「四牡騑騑，周道逶遲。」毛公注：「歷遠之貌。」五作「逶夷」，是《韓詩》的文字。六作「威夷」，潘岳詩：「迴溪縈曲阻，峻阪路威夷。」孫綽《天台山賦》：「既克隮於九折，路威夷而修通。」李善注引《韓詩》「周

劉向《九嘆》㉙：「遵江曲之逶移㉚。」九曰逶蛇，後漢《費鳳碑》：「君有逶蛇之節㉛。」

⑪委佗（tuó）：義同「委蛇」。⑫《詩・君子偕老》：即《詩・鄘風・君子偕老》。⑬逶迱（wēi yí）：同「委蛇」。⑭《韓詩》：西漢時傳授《詩經》的共有魯、齊、韓、毛四家。所謂「韓詩」即指韓嬰所傳《詩經》，他曾著《韓詩內傳》以解釋字句，南宋後，此書亡佚。《韓詩》釋上文：指《韓詩》釋《羔羊》篇「委蛇」，但韓嬰所傳《詩經》本文寫作「逶迱」（今本《經典釋文》引韓詩又作「逶迤」）。⑮逶迤：今本《說文・辵部》「逶」字注作「逶迆」，與迤字同。⑯倭：音wēi。⑰《詩》：見《詩・小雅・四牡》。⑱牡：公馬。騑騑：馬行走不停貌。⑲潘岳：西晉文學家。此處所引見其《金谷集作》詩。⑳縈（yíng）：回繞。㉑阪（bǎn）：山坡。㉒孫綽：東晉文學家，喜遊山水。《天台山賦》：即《遊天台山賦》。㉓克：能。躋（jī）：登上。九折：指山道多曲折。㉔李善：唐代學者，高宗顯慶年間官崇賢館直學士，學識淵博，曾注《文選》。㉕薛君：即東漢時的薛漢，他家世代專習韓詩，父子以韓詩章句訓解著稱，後其弟子杜撫為他編定《韓詩章句》。《隋書・經籍志》有《薛氏章句》。㉖《離騷經》：即《楚辭・離騷》。㉗委蛇：指旗幟飄拂之貌，旗幟飄拂呈波浪曲線形。㉘注：指《楚辭》王逸注。㉙劉向：西漢目錄學家、經學家、文學家。他曾作《九嘆》等辭賦三十三篇。㉚遵：沿着。曲：曲折隱蔽的地方。㉛節：指節操。「逶蛇之節」是用《詩・羔羊》「退食自公，委蛇委蛇」毛亨注及韓嬰的說法，取其「明正坦蕩」義，參見前注。

道威夷」，又引薛君語說：「威夷，險也。」七作「委移」，《離騷》：「載雲旗之委蛇。」一本作「逶迤」，一本作「委移」。王逸注：「雲旗委移，長也。」八作「逶移」，劉向《九嘆》：「遵江曲之逶移。」九作「逶蛇」，後漢《費鳳碑》：「君有逶蛇之節。」

十日蜲蛇㉜，張衡《西京賦》㉝：「女、娥坐而長歌㉞，聲清暢而蜲蛇。」李善注：「蜲蛇，聲餘詰曲也㉟。」十一日遤池㊱，漢《逢盛碑》㊲：「當遂遤池，立號建基㊳。」十二日威遲，劉夢得詩：「柳動御溝清㊴，威遲堤上行。」韓公《南海廟碑》：「蜿蜿蛇蛇㊵」，亦然也。則歐公正用韓詩，朝佐不暇尋繹之爾㊶。

㉜ 蜲：同「委」，因受下字「蛇」影響而加虫旁。㉝ 張衡：東漢科學家、文學家，曾作《東京賦》和《西京賦》。㉞ 女、娥：指女英、娥皇。是神話中堯的兩個女兒，娥皇是姊，她們同嫁給舜為妃。後舜南巡，死於蒼梧，她們趕至南方，長歌哀哭而死。㉟ 聲餘：指歌曲的餘聲。詰（jié）曲：曲折，彎曲。指哀歌之聲餘音悠長，抑揚曲折。㊱ 遤（wēi）：同「逶」。㊲《逢盛碑》：即《唐子逢盛碑》，見《隸釋》十。㊳「當遂」二句：「遤池」指做官顯示德操風範，即前所言「委蛇之節」。這二句是說，正當逢盛要擔官建德、立功揚名之時。㊴ 御溝：皇城前的城溝。㊵ 蜿（wān）：彎曲，不直。㊶ 尋繹：反覆推尋。

十作「蜲蛇」，張衡《西京賦》：「女、娥坐而長歌，聲清暢而蜲蛇。」李善注：「蜲蛇：聲餘詰曲也。」十一作「遤池」，漢《逢盛碑》：「當遂遤池，立號建基。」十二作「威遲」，劉禹錫詩：「柳動御溝清，威遲堤上行。」韓愈《南海廟碑》「蜿蜿蛇蛇」也是如此。那麼歐陽修正是採用韓詩，丁朝佐沒來得及深入推尋而已。

農父田翁詩（五筆卷十）

我國古代文人頗有關心百姓疾苦的，像這裏所舉兩首詩的作者張碧、杜荀鶴就是如此，而洪邁能寫出這條札記也可稱有識之士。

張碧《農父》詩云①：「運鋤耕斸侵晨起②，隴畔豐盈滿家喜。到頭禾黍屬他人，不知何處拋妻子。」杜荀鶴《田翁》詩云③：「白髮星星筋骨衰，種田猶自伴孫兒④。官苗若不平平納⑤，任是豐年也受飢⑥。」讀之使人愴然⑦，以今觀之，何啻倍蓰也⑧！

❶張碧：德宗貞元時詩人。孟郊說他「下筆證興亡，陳辭備風骨」。❷運：揮動。斸（zhú）：挖。侵晨：破曉，天剛亮。❸杜荀鶴：唐末詩人，昭宗大順年間進士，在五代梁朝曾任翰林學士，他的詩作多諷時刺世，描述民間疾苦，有《唐風集》傳世。❹種田猶自伴孫兒：即「猶自伴孫兒種田」。❺官苗：猶「官租」，指賦稅。❻任：任憑，縱使。❼愴（chuàng）然：感傷貌。❽何啻（chì）：何止。倍蓰（xǐ）：五倍。

張碧《農父》詩說：「運鋤耕斸侵晨起，隴畔豐盈滿家喜。到頭禾黍屬他人，不知何處拋妻子。」杜荀鶴《田翁》詩說：「白髮星星筋骨衰，種田猶自伴孫兒。官苗若不平平納，任是豐年也受飢。」讀後使人愴然傷懷，拿今天的情況來看，何止是他們的四五倍啊！